Das Perumädchen

Susan de Winter

Covergestaltung: Christiane Baurichter

Weitere Bücher der Autorin:
Der Stein der Schildkröte (Oktober 2015)
Drei Wünsche im Wind (April 2016)
Das Geheimnis der Traumzeit (April 2017)
Das Lied der Hexe (Februar 2018)

Eine echte Liebesgeschichte hat nie ein Ende, sondern immer nur einen Anfang.

Prolog

Die Zeremonienhütte lag versteckt im Dickicht der Urwaldbäume. Gleichmäßig prasselte der Regen auf ihr Dach aus Palmblättern. Im Halbdunkeln der Hütte saß Eliana auf der Erde und lauschte auf die Geräusche des Regenwaldes. Ein Kapuzineräffchen kletterte behände den Stamm eines Jaborandi-Baumes hinab und spähte ins Innere. Am offenen Fenster verharrte eine Tarantel in Erwartung von Beute. Eliana nahm keine Notiz von ihren Besuchern.

Seit Tagen quälten böse Träume die Schamanin des Amazonas-Regenwaldes. Sie hatte gehofft, dass die Geister der Vergangenheit endlich ruhen würden. Dass sie die letzten Jahre ihres Daseins in Frieden verleben könnte. Sie liebte ihr Leben als Schamanin. Seitdem sie als Mädchen von ihrem Vater zur Heilerin ausgebildet worden war, hatte sie ihr Leben den Menschen ihres Stammes gewidmet. Sie hatte Babys zur Welt gebracht, Wunden versorgt, Krankheiten geheilt und Tausende von Kräutertränken zubereitet.

Heute jedoch hatte sie alle Termine abgesagt. Eliana fühlte sich müde und ausgelaugt. Bevor sie anderen helfen konnte, musste sie sich erstmal um sich selbst kümmern. Ayahuasca würde helfen – wie immer. Die

Schamanin schloss die Augen und stimmte einen melodischen Singsang an. Das Kapuzineräffchen nahm Reißaus. Nebelschwaden waberten durch die schwülwarme Luft der Urwaldhütte. Die Zeit war gekommen.

Eliana griff nach der Flasche mit ihrem Zaubertrank, den sie speziell für den heutigen Tag zubereitet hatte. Mit langsamen Schlucken trank sie die Mischung aus Ayahuasca, der Liane der Geister, und anderen Zutaten, über deren Bedeutung nur sie allein Bescheid wusste. Es würde nicht lange dauern, dann würde das Gebräu seine Wirkung entfalten. Die halluzinogene Droge konnte Gutes hervorbringen, aber auch genauso dafür sorgen, dass Menschen verrückt wurden. Dass sie die Welt der Geister niemals mehr verlassen konnten. Doch Eliana war eine Expertin, was Ayahuasca betraf.

Die Schamanin wiegte ihren Oberkörper vor und zurück und konzentrierte sich auf ihr Inneres. Die schlechten Träume sollten verschwinden, ihre gewohnte Energie sollte zurückkehren. Es war nun fast völlig dunkel in der Hütte, der Regen hatte aufgehört. Eliana hielt den Atem an. Sie spürte eine Präsenz, die sie seit vielen Jahrzehnten nicht mehr wahrgenommen hatte. Konnte das wahr sein? Die Schamanin öffnete die Augen und sah sich um. Sie war allein in ihrer Hütte und doch wusste sie, dass ihr Vater Jorge ihr nahe war. Schemenhaft tauchte sein Bild vor ihr auf.

„Vater ...“, flüsterte Eliana. „Warum bist du zurückgekommen?“ Eine Träne löse sich aus ihrem Auge und rann ihre Wange hinab. Während der Wind an den dünnen Wänden ihrer Hütte zerrte und sich die Bäume des Regenwaldes unter einem plötzlichen Sturm bogen, verdichtete sich die Energie im Inneren ihres heiligen Refugiums. Elianas Herz krampfte sich zusammen. Sie wusste, dass sie Schuld auf sich geladen hatte. Aber sie hatte doch nicht ahnen können, dass sie mit ihrem Tun der eigenen Familie schaden würde.

Als Eliana Stunden später wieder zu sich kam, lag sie noch immer zusammengekrümmt auf der Erde. Draußen dämmerte der Morgen. Tausende von Amazonas-Vögeln begrüßten den Tag mit einem vielstimmigen Konzert. Eliana lächelte, als sie an die vergangene Nacht dachte. Die Geister hatten ihr etwas mitgeteilt. Jemand würde nach Peru kommen und die Wahrheit ans Licht bringen. Die Schamanin fuhr sich mit den Fingern durch ihr schwarzes, von einigen grauen Strähnen durchsetztes Haar und richtete sich auf. Niemand konnte den Lauf der Dinge jetzt mehr verhindern. Alles würde passieren, wie es vorherbestimmt war.

Der Aufbruch

Es war einer jener Tage, von denen man später sagen würde, dass sie das eigene Leben für immer verändert haben. Aber natürlich konnte das damals noch niemand wissen. Ich saß mit meinen Eltern und meiner Großmutter Ellie in einem feinen Restaurant in Hannovers Innenstadt. Mein Vater hob sein Weinglas an und warf meiner Mutter dabei einen fragenden Blick zu. Er war sich wohl nicht ganz sicher, ob er für seine Ansprache auch noch aufstehen sollte. Zum Glück reagierte meine Mutter mit einem kurzen Kopfschütteln und ich atmete auf. Da ich ahnte, dass nun eine salbungsvolle Lobrede auf mich folgen würde, hoffte ich, dass so wenig fremde Leute wie möglich davon Notiz nehmen würden.

„Meine liebe Louisa!“ Papa strahlte mich an und guckte nochmal kurz auf einen handgeschriebenen Zettel, den er in der rechten Hand hielt. „Wir sitzen hier heute zusammen, um deinen Studienabschluss zu feiern. Einen Master in Informatik mit sehr gut und dann auch noch in der Regelstudienzeit abgeschlossen – das soll dir erstmal einer nachmachen. Mama und ich und auch deine Oma Ellie – wir sind alle unsagbar stolz auf dich.“

Ich nickte ihm lächelnd zu und spürte einen Kloß im Hals. Hoffentlich handelte es sich um eine kurze Rede.

Ich war alles andere als gut darin, Lob von jemanden anzunehmen – selbst wenn es sich um meine Eltern handelte. Rührselige Momente wie diesen quittierte ich am liebsten mit einem schrägen Witz. Aber als ich nun aus dem Augenwinkel wahrnahm, dass meiner Oma schon die Tränen in den Augen standen, wusste ich, dass meine gewohnte Schnodderigkeit diesmal fehl am Platze war. Papa war tatsächlich dazu übergegangen, meine komplette Kindheit noch einmal aufzurollen – angefangen von den Tagen im Sandkasten. Ich seufzte leise auf und sah, dass meine Mutter in sich hinein schmunzelte. Sie kannte mich besser als jeder andere Mensch und wusste, was ich gerade durchmachte.

15 Minuten später kam mein Vater langsam zum Ende. Wir prosteten uns alle mit unserem Wein zu, mein Vater atmete noch einmal kurz durch und setzte zu seinem Schlusssatz an. „Und nun, meine liebe Louisa, möchten wir dir gerne unser Geschenk zu deinem Studienabschluss übergeben. Wir hoffen, es gefällt dir!"

Mit diesen Worten hielt er mir einen Briefumschlag vor die Nase und drei Gesichter meiner Familie starrten mich erwartungsvoll an. Insgeheim tippte ich auf ein kleines Sümmchen Bargeld als Zuschuss zu meiner ersten eigenen Wohnung, die ich brauchen würde, sobald ich einen Job bekäme. Ich hatte an der Technischen Universität in München studiert, der besten Uni im IT-Bereich. München war ein teures Pflaster und obwohl ich in einer WG mit zwei anderen Mädels gewohnt und jeden Cent dreimal umgedreht hatte, war das Geld am Monatsende immer weg gewesen. Zurück in meiner Heimatstadt Hannover wollte ich mir ein paar Wochen Ferien gönnen, dann einen lukrativen Job annehmen und eine coole Wohnung mieten. Alle Türen standen mir offen.

„Danke, Papa!“ Ich nahm den Brief in Empfang. Mama rutschte erwartungsvoll auf ihrem Stuhl hin und her. „Nun mach schon auf, Kind. Wir sind alle gespannt, was du dazu sagst.“

Na ‚Danke‘ auf jeden Fall, dachte ich noch, als ich die Karte aus dem Umschlag zog und Folgendes las:

Gutschein für eine Reise nach Peru inklusive Lima, Machu Picchu, heiliges Tal der Inka und einer Flusskreuzfahrt auf dem Amazonas.

Viel Spaß!

Mama & Papa

Ich starrte auf die Karte und konnte es nicht glauben. Zu einer Reise nach Peru hatte ich ungefähr soviel Lust wie dazu, ein Seminar in Topflappenhäkeln zu absolvieren, aber ich wusste, dass ich meinen Eltern das Herz brechen würde, wenn ich jetzt keine Freude zeigte. Also riss ich mich zusammen, zwang mich zu einem strahlenden Lächeln und hörte mich selber sagen: „Eine Peru-Reise! Wow! Ich weiß nicht, was ich sagen soll. Das ist doch viel zu teuer, oder?"

Ich warf meiner Mutter einen zweifelnden Blick zu, doch sie schaute mich so flehend an, dass ich gar nicht anders konnte, als zu ihr hinüberzugehen und sie und meinen Vater zu umarmen. „Danke. Das ist echt eine ganz tolle Überraschung. Ich freue mich riesig!"

Mama drückte meine Hand und schien erleichtert zu sein. Vermutlich hatte sie insgeheim damit gerechnet, dass ich den Gutschein zerknüllen und einfach rausrennen würde. Aber hallo? – Schließlich war ich inzwischen erwachsen. Trotzdem war das mit Peru eine schwierige Sache für mich. Ich war dort nämlich zur Welt gekommen.

Normalerweise gelang es mir grandios, diese Tatsache vor jedem – und vor allem auch vor mir selbst – auszublenden. Doch leider versuchten meine Eltern von Zeit zu Zeit immer wieder, mich an meine ‚ursprünglichen Wurzeln' zu erinnern.

Ursprüngliche Wurzeln, dass ich nicht lache ... Meine Eltern – und es sind auf jeden Fall die besten Eltern der Welt – hatten mich als Baby adoptiert. Als sie dachten, ich sei nun alt genug dafür, erzählten sie mir, dass ich ursprünglich aus Peru stamme. Das war ein ganz schöner Schock für mich, denn obwohl ich nicht die geringste Ähnlichkeit mit meinen großgewachsenen, blonden Eltern hatte, war es mir nie in den Sinn gekommen, dass ich nicht ihr Kind sein könnte. Sie hatten mir natürlich auch gleich versichert, dass sie mich von Anfang an und für alle Zeiten so lieb wie ihr eigenes Kind hätten. Und darauf komme es doch schließlich auch an, oder?

Alles, was ich wusste, war, dass meine Eltern offenbar keine eigenen Kinder bekommen konnten und vor allem meine Mutter deswegen sehr traurig gewesen war. Sie hatten wohl bereits darüber nachgedacht, ein Kind in Deutschland zu adoptieren, als mein Vater geschäftlich einige Zeit in Südamerika zu tun hatte. Da muss es dann auf Anhieb mit der Adoption geklappt haben.

Natürlich hatten meine Eltern im Laufe der Jahre mehrfach versucht, mir etwas über meine biologischen Eltern zu erzählen. Aber ich hatte das nicht hören wollen. Ich meine, was sind das für Eltern, die ihr eigenes Kind einfach so weggeben? Fühlten sie sich zu jung für ein Baby? Waren sie bettelarm? Oder drogensüchtig? Was auch immer, ich wollte es nicht wissen. Ich hasste sie dafür, dass sie mich fortgegeben hatten. Und ich hatte nicht das geringste Interesse daran, jemals auch nur irgendein Mitglied meiner peruanischen Familie kennenzulernen. Meine Familie bestand aus meinen deutschen Eltern und meiner geliebten Oma Ellie – und mehr brauchte ich nicht.

Peru konnte mir gestohlen bleiben. Als meine Eltern mir das mit der Adoption gesagt hatten, wusste ich noch nicht mal, wo dieses Land überhaupt lag. Und jetzt hatten sie sich also ganz schlau überlegt, dass ich unbedingt mal hinfahren sollte. Na toll.

„Siehst du, ich habe dir doch gleich gesagt, dass sie sich freuen wird“, stupste mein Vater meine Mutter an, bevor er sich mit breitem Grinsen an mich wandte.

„Deine Mutter wieder. Sie hatte schon befürchtet, dass du das Flugticket bei eBay verscherbeln würdest.“

„Das Flugticket? Habt ihr die Reise denn schon fest gebucht?“ Jetzt wurde mir noch mulmiger zumute.

„Natürlich. Bevor du dir es doch nochmal anders überlegst, habe ich schon mal alles für dich in die Wege geleitet. In zwei Wochen geht’s los!“

Die Reise beginnt

Mit einer schwungvollen Geste setzte der Kellner den Pisco Sour – es war schon der zweite an diesem Abend – auf dem Tisch ab und versicherte mir, dass mein Abendessen jede Minute fertig sei. Ich winkte ab. Vom Verhungern war ich weit entfernt. Nachdem ich mitbekommen hatte, dass die Peruaner mit Vorliebe gegrillte Meerschweinchen aßen, hatte ich sogar kurz in Erwägung gezogen, an die vegetarische Front zu wechseln. Aber nun hatte ich mich doch für das Nationalgericht Lomo saltado entschieden. Dabei handelte es sich um in Stücke geschnittenes und ich einer delikaten Marinade eingelegtes Rindfleisch, das mit Zwiebeln, Tomaten und Chilis gegart wurde. Während ich auf mein Essen wartete, beobachtete ich verstohlen die anderen Gäste des Restaurants.

Die Kundschaft im Lokal war bunt gemischt und schien aus allen Teilen der Welt zu kommen. Da saßen Paare aus den USA, Rucksackreisende aus Deutschland und Frankreich, Kanadier und Australier. Die Atmosphäre war elektrisierend. Ich hatte das Gefühl, dass alle einem Aufbruch entgegenfieberten. Und das traf wahrscheinlich sogar zu. Denn so interessant die alte Inkastadt Cuzco auch war, den meisten diente sie hauptsächlich als Ausgangspunkt zu einem Höhepunkt ihres Peru-Abenteuers: der Reise zum Machu Picchu.

Während der Kellner mir endlich das Essen brachte, stürzte sein Kollege an den Nebentisch und setzte dem Kind eines amerikanischen Ehepaares mit geschickten Handgriffen eine Sauerstoffmaske aus. Das passierte hier scheinbar öfter. Cuzco liegt auf 3430 Metern Höhe in den Anden und viele Reisende leiden an der Höhenkrankheit.

Kopfschmerzen, Schwindel, Herzrasen – davor hatte mich der Hotelier schon bei meiner Ankunft am gestrigen Nachmittag gewarnt und mir geraten, alles etwas langsamer angehen zu lassen und viel Kokatee zu trinken – der würde helfen. Bis auf ein wenig Herzrasen in der Nacht hatte ich keine Probleme mit der dünnen Luft gehabt. Ich nahm noch einen kleinen Schluck von meinem Pisco Sour. Vielleicht hatte ja auch der Nationalschnaps der Peruaner dazu beigetragen, dass es mir ausgezeichnet ging.

Inzwischen hatte ich mich einigermaßen mit meiner Perureise angefreundet. Nach drei Tagen in Lima war ich endlich im Urlaubsmodus, hatte den Zeitunterschied im Griff und ließ mich von den Eindrücken der Fahrt überraschen. Vielleicht war es ja ganz gut, mal Abstand von zu Hause zu gewinnen und etwas völlig anderes zu erleben, bevor der ‚Ernst des Lebens' begann, wie Oma Ellie es gerne formulierte. Meine Freundinnen hatten mich jedenfalls alle beneidet. „Mensch, Peru! Louisa, du hast es so gut!“, hatte meine Kommilitonin Anna ausgerufen. Sie war über Österreich, Italien und Mallorca noch nicht hinausgekommen und träumte schon lange davon, mal nach Südamerika zu reisen. Leider reichte ihr Budget noch nicht für solch eine Tour, sonst hätte ich sie natürlich liebend gern mitgenommen. Andererseits machte es mir auch nicht besonders viel aus, solo unterwegs zu sein. Ich hatte weder Angst, dass mir dabei etwas passierte, noch scheute ich davor zurück, alleine im Restaurant zu essen.

Nachdem ich das Essen beendet hatte, zahlte ich und machte mich zu Fuß auf den Weg zum Hotel, das direkt um die Ecke lag. Die Nacht würde kurz werden. Noch im Morgengrauen sollte meine Tour durch das heilige Tal der Inka starten. Ich schlief in dieser Nacht tief und traumlos. In aller Herrgottsfrühe nahm ich ein schnelles Frühstück ein und wurde pünktlich von einem Minibus abgeholt, der mich und einige andere Touristen durch das Urubamba-Tal schaukelte, in kleinen Dörfern hielt, Fotostopps an spektakulären Aussichtspunkten einlegte und natürlich auch eine Shoppingpause anbot. Peruanerinnen mit den unvermeidlichen Alpakas an der Seite boten selbstgestrickte Pullover, Jacken und Schals aus feinster Alpakawolle zu Spottpreisen an. Ich kaufte soviel, wie in meine Tasche passte, als Mitbringsel für zu Hause. Gegen Abend erreichten wir Ollantaytambo, wo noch einmal eine Übernachtung auf dem Programm stand. Wiederum früh am nächsten Morgen trat meine kleine Reisegruppe die Zugfahrt nach Aguas Calientes an. Dort gelangten wir endlich zum Ziel: der sagenumwobenen Inkastadt Machu Picchu.

So sehr ich mich anfangs noch innerlich gegen die Perureise gesträubt hatte, so begeistert war ich inzwischen von der fantastischen Landschaft der Anden. Die uralte Kultstätte Machu Picchu, die jahrhundertelang vergessen in den Bergen geschlummert hatte, zog einfach jeden in ihren Bann. Ich schoss Hunderte von Bildern mit meiner Kamera, machte Selfies mit dem Handy für Facebook und schickte jede Menge Fotos nach Hause. Und dennoch ... Fühlte ich mich in Peru zu Hause? Spürte ich eine Verbindung zu meiner Vergangenheit? – Ich horchte in mich hinein. Aber da war gar nichts. Ich war so fasziniert von Machu Picchu wie jeder andere Tourist. Schmunzelnd schüttelte ich den Kopf über mich selbst. Was sollte diese Gefühlsduselei überhaupt? Ich hatte doch eigentlich auch nichts anderes erwartet. Klar, es war toll hier, aber meine Heimat war Deutschland.

Der Zaubertrank

War dies wirklich noch Peru? Als ich am Abend das Flughafengebäude von Iquitos verließ, schlug mir trotz der späten Stunde noch immer eine dumpfe Hitze entgegen. Das Klima war komplett anders als in den Anden. Doch zu meiner Überraschung genoss ich die warme, feuchte Hitze auf Anhieb. Ich fühlte, wie sich meine verspannten Muskeln langsam lockerten und zog meinen Pulli aus. Ein T-Shirt reichte hier völlig. Nach Lima und Machu Picchu stand nun der dritte und letzte Teil meiner Reise auf dem Programm. Morgen würde ich an Bord der *Amazon Queen* gehen und eine fünftägige Flusskreuzfahrt auf dem Amazonas unternehmen. Und dann wäre das Thema Peru endgültig für mich abgehakt. Niemand konnte mir vorwerfen, dass ich das Land meiner Vorfahren nicht wenigstens besucht hatte.

Ich nahm mir ein Taxi und nannte dem Fahrer den Namen des Hotels, das meine Eltern für mich gebucht hatten. Der Taxifahrer hatte mir einen kurzen Blick zugeworfen, mich offenbar sofort als Peruanerin eingestuft und redete nun ohne Punkt und Komma in Spanisch auf mich ein. Obwohl ich ein paar Jahre lang Spanisch in der Schule gehabt hatte, verstand ich fast kein Wort. Es war mir egal. Ich ließ mich von seinem Gerede einlullen, gab hier und da einmal ein zustimmendes ‚Mm' von mir und sah aus dem Fenster. Vor uns, hinter uns und natürlich auch noch neben uns, rasten die Einwohner von Iquitos auf ihren Motorrollern dahin. Manchmal saß eine ganze Familie mit Kleinkind und Baby auf solch einem meist klapprigen Gefährt. Alle schienen irgendwie Spaß zu haben. Niemand trug einen Helm.

Bevor ich mich versah, hatten wir das Hotel erreicht. Mein Fahrer legte eine filmreife Vollbremsung hin, was ihm eine Schimpftirade des hinter ihm klebenden Rollerfahrers einbrachte, und ich verstand noch, dass mein Hotel eine exzellente Wahl sei. Es gäbe kein Besseres in ganz Iquitos als das Hilton, versicherte der Taxifahrer mir.

Endlich lag ich im Bett – und konnte nicht einschlafen. Obwohl ich mir weiterhin einredete, dass Peru mir nicht das Geringste bedeutete, hatten mich die wenigen Minuten, die ich durch Iquitos gefahren war, gepackt. Ich knipste die Nachttischlampe wieder an, kramte meinen Reiseführer aus dem Rucksack und begann, die Seiten über meinen derzeitigen Aufenthaltsort zu lesen. Dass keine einzige Straße in die Dschungelstadt im Norden Perus führte, wusste ich bereits. Wenn einer der 400.000 Einwohner seine Stadt verlassen wollte, musste er entweder ins Flugzeug steigen oder in einem Boot den Amazonas entlangfahren. Erstaunlich, dass so eine große Stadt in der heutigen Zeit noch abgeschnitten von der Außenwelt ist, dachte ich. Vor den Toren von Iquitos flossen der Río Ucayali und der Río Marañón zusammen und bildeten den Amazonas. Den sollte ich in den nächsten Tagen ja noch genauer kennenlernen.

Ich las, dass Iquitos um 1750 als Mission der Jesuiten gegründet worden war. Damals war sie lediglich eine kleine Verteidigungsbastion gegen Indios, die sich der christlichen Bekehrung widersetzten. Der Boom von Iquitos setzte erst viele Jahre später ein, als die Stadt zum größten Umschlagplatz des Kautschukhandels aufstieg. Die Indios der Region wurden gezwungen, auf den Plantagen zu arbeiten und dabei wie Sklaven behandelt. Die „Kautschukbarone“ jener Zeit scheffelten derweil riesige Vermögen und lebten in Saus und Braus.

Iquitos Boom endete erst, als ein Brite den Samen der Kautschukpflanze nach Malaysia schmuggelte, wo der Kautschuk viel billiger geerntet wurde. Daraufhin war Iquitos jahrzehntelang wirtschaftlich nahezu bankrott. Die Einwohner versuchten zwar, neue Geschäftsideen zu finden, indem sie Tabak und Bananen anbauten oder exotische Tiere an Zoos in aller Welt verkauften, aber das alles war wenig erfolgreich. Heute lebten die Menschen hier hauptsächlich vom Erdöl, von der Holzwirtschaft und vom Tourismus.

Ich seufzte. Als Touristin – und damit als eine der wichtigen Einnahmequellen – war auch ich hier ans Ende der Welt gekommen. Ich warf den Reiseführer auf die Erde und setzte mich auf. Durch das Lesen war ich kein bisschen müder geworden. Ganz im Gegenteil, an Schlafen war jetzt gar nicht mehr zu denken. Ein Blick auf meine Uhr sagte mir, dass es kurz vor elf Uhr war. Ich beschloss, aufzustehen und noch irgendwo etwas trinken zu gehen.

Minuten später stand ich erneut vor dem Hotel und stellte fest, dass noch etliche Leute unterwegs waren. Touristen bummelten durch die Straßen und ganz in der Nähe gab es einige Bars, die geöffnet hatten. Inzwischen hatte ich richtig Durst bekommen und sehnte mich nach einem kühlen Bier. Nur ein paar Hundert Meter vom Hotel entfernt entdeckte ich eine gemütliche Bar, aus der Popmusik dröhnte. Die Tür stand offen und im Inneren saßen hauptsächlich junge Leute an pastellfarbenen Tischen und unterhielten sich. Die Atmosphäre gefiel mir. Ich trat ein und sah mich um. Sämtliche Tische waren belegt. Da stupste mich jemand von der Seite an.

„He, möchtest du dich zu uns setzen?“, fragte ein blondes Mädchen auf Englisch. Sie war zusammen mit zwei Jungs und einem weiteren Mädchen da. Alle sahen aus wie Backpacker und schienen ungefähr in meinem Alter zu sein, vielleicht etwas jünger.

„Klar, warum nicht? Vielen Dank“, sagte ich und ließ mich auf dem letzten freien Stuhl nieder. Wie sich herausstellte, waren David, Sean, Jasmin und Luca – so hießen die vier – aus den Staaten und auf einer Backpackertour durch Peru unterwegs. Iquitos war ihre letzte Station, bevor sie nächste Woche wieder nach Hause fliegen wollten. Ich bestellte ein Bier und wir erzählten uns gegenseitig von unseren Peru-Erlebnissen.

„Die besten Dinge haben wir bis jetzt garantiert schon gesehen. Aber eine Sache fehlt uns noch, bevor wir hier die Zelte abbrechen, nicht wahr?“, grinste Sean und zwinkerte David dabei zu.

„Du Angeber traust dich doch sowieso nicht“, reagierte Lucy und zog die Augenbrauen hoch.

Ich hatte keine Ahnung, wovon die vier überhaupt redeten und amüsierte mich über ihr Geplänkel.

„Blöde Kuh. Natürlich traue ich mich. Da ist ja wohl überhaupt nichts dabei“, antwortete Sean.

„Ich dachte, wir wollen es alle mal probieren?“, schaute David fragend in die Runde. Die beiden Mädchen warfen sich einen unschlüssigen Blick zu, zuckten mit den Schultern und schwiegen einen Moment. „Na gut, was soll schon dabei sein“, sagte Jasmin schließlich. „Dann können wir es auch gleich hinter uns bringen“, fügte sie hinzu.

Inzwischen war ich mir immer sicherer, dass meine neuen Freunde von irgendwelchen Drogen redeten. Es war am besten, wenn ich jetzt zahlte und zurück ins Bett ging. Die Bedienung war im hinteren Teil der Bar verschwunden. Mist, mir blieb nichts anderes übrig, als zu warten, dass sie wiederkam.

„Hast du schon mal von Ayahuasca gehört?“, fragte David mich jetzt.

Ich schüttelte den Kopf. „Nein, keine Ahnung. Was ist das?“

„Eine Pflanze hier aus dem peruanischen Regenwald“, antwortete David. „Die Einheimischen nehmen das ständig. Als Tee oder Zaubertrank oder was auch immer. Wir haben schon die verrücktesten Geschichten darüber gehört. Es solle irre gut sein. Und nicht verboten.“

„Nicht verboten?“ Ich zog die Augenbrauen hoch und sah ihn skeptisch an. „Für mich hört sich das nach irgendeiner Droge an, von der man vielleicht besser die Finger lassen sollte.“

„Ach Quatsch. Sehen wir vielleicht aus wie Junkies? Ich würde echt nie Drogen nehmen, aber dieses Ayahuasca-Zeug möchte ich gerne probieren. Es soll wirklich völlig harmlos sein. Du kannst es hier überall ganz legal kaufen.“

Während David redete, rief Sean die Bedienung heran, die aus den Tiefen der Bar wiederaufgetaucht war. Er winkte sie zu sich hinunter, tuschelte mit ihr herum und wandte sich dann mit einem breiten Grinsen wieder zu uns.

„Last order, Freunde. Ich habe noch eine letzte Runde bestellt, bevor wir hier die Biege machen. Du bist natürlich eingeladen, Louisa.“

Wenige Minuten später standen fünf große, dampfende Pötte vor unseren Nasen.

Skeptisch roch ich an dem merkwürdigen Gebräu. Es sah aus wie Kräutertee. Mein kühles Bier war mir um einiges lieber gewesen.

„Was hast du da bestellt, Sean? Ist das nun dieses berühmte Ayahuasca?“ Ich sah ihn fragend an und Sean hob seine Tasse.

„Mitgehangen, mitgefangen, Louisa. Das ist einfach nur ein Kräutertee mit ein bisschen Ayahuasca drin. Absolut harmlos. Oder meinst du etwa, die würden uns hier in einer öffentlichen Bar ganz offiziell irgendwelche Drogen servieren?“

Ich musste zugeben, dass das unwahrscheinlich war, und wollte auch nicht als Memme dastehen. Also stieß ich mit den anderen an und nahm einen winzigen Schluck von dem heißen Tee. Nichts passierte. Es schmeckte auch gar nicht so schlecht, ein bisschen bitter vielleicht, und erinnerte mich tatsächlich an den Kräutertee, den meine Oma mir früher immer gekocht hatte, wenn ich krank war.

Wahrscheinlich würde Sean ein Heidengeld für diesen Tee bezahlen müssen, weil den doofen Touristen suggeriert wurde, dass sie einen heiligen Zaubertrank bekämen. Was für ein Blödsinn, dachte ich. Und nahm den zweiten Schluck. Der Tee schmeckte besser, so lange er noch heiß war. Und obwohl es hier in Iquitos ohnehin schon ziemlich warm war, hatte ich das Gefühl, dass der Tee mir guttat. Vielleicht könnte ich danach viel besser schlafen. Schon jetzt merkte ich, wie müde ich war. Gut, dass das Hotel nur ein paar Minuten entfernt lag. Ich würde das Getränk schnell austrinken, bezahlen und mich dann auf den Weg machen.

Das war mein letzter Gedanke, an den ich mich erinnerte, bevor mir schwarz vor Augen wurde. Als ich wieder erwachte, lag ich auf der Erde und vier besorgte Köpfe beugten sich zu mir hinab.

„Louisa! Geht's dir gut? Du hast uns einen Mordsschrecken eingejagt!"

„Wer seid ihr?", flüsterte ich. Aber tatsächlich fiel es mir in dem Moment wieder ein, als ich die Frage stellte.

„Ach du Scheiße", hauchte Jasmin. „Sie hat ihr Gedächtnis verloren."

Ich versuchte, mich aufzusetzen. Mir war total übel. „Was ist denn passiert?"

„Du hast den Tee in dich reingeschüttet, als würdest du verdursten. Dann hast du plötzlich ganz glasige

Augen gekriegt und bist vom Stuhl gefallen“, sagte David.

Ein fremder Mann kam angelaufen und hielt mir ein Glas Wasser hin.

„Trinken. Sofort und alles“, ordnete er auf Spanisch an. Ich gehorchte und es ging mir sofort besser.

Zufrieden sah der Fremde zu, wie ich das Wasser in mich hineinschüttete und vollends zu mir kam. Er war eindeutig kein Tourist, sondern schien eher ein einheimischer Geschäftsmann zu sein. Ein ziemlich attraktiver Geschäftsmann, fand ich. Während ich noch wie hypnotisiert in seine dunklen Augen starrte, wurde mir bewusst, dass ich gerade alles andere als eine gute Figur machte.

„Alles gut“, murmelte ich und versuchte mich möglichst elegant wieder aufzurappeln. Aber da hatte mich der Mann schon an den Händen gefasst und sanft hochgezogen. Ich konnte kaum den Blick von seinem Gesicht abwenden und mein Herz raste. Lag das immer noch an diesem merkwürdigen Tee?

Leider ließ er meine Hände wieder los und musterte mich nachdenklich. „Sie haben nicht zufällig Ayahuasca zu sich genommen?“

Ach du meine Güte, jetzt glaubt er noch, dass ich eine Drogen-Touristin bin.

„Ich glaube, das war einfach nur mein Kreislauf. Schließlich bin ich heute erst von den Anden hierher geflogen. Vielleicht konnte mein Körper das nicht so gut ab. Ich brauche einfach ein bisschen Schlaf, dann geht es schon wieder."

„Wir bringen dich zurück in dein Hotel. Nicht, dass du unterwegs nochmal umkippst", sagte Sean.

Meine vier neuen Freunde starrten mich immer noch mit großen Augen an.

„Zahlen?", fragte die peruanische Bedienung, die wie aus dem Nichts wieder neben unserem Tisch aufgetaucht war. Ihrem Tonfall nach zu schließen, wollte sie uns umgehend loswerden, bevor ich oder einer von den anderen nochmal vom Hocker fiel.

„Ja, zahlen", murmelte ich, zog ein paar Geldscheine aus meiner Hosentasche und reichte sie der Frau. Sie steckte sie schweigend ein und wandte sich mit ausgestreckter Hand an die Amerikaner. Nachdem wir alle bezahlt hatten, bestanden meine Bekannten weiterhin darauf, mich zum Hotel zu bringen.

„Soll ich Sie begleiten?", fragte der unbekannte Mann und ich hätte am liebsten ‚Aber gerne!' geantwortet, doch da kamen mir die Amerikaner schon zuvor.

„Das ist nicht nötig. Wir kümmern uns um Louisa", sagte Jasmin.

Der Mann schien unschlüssig. Er sah mir immer noch tief in die Augen und je mehr ich wieder Herrin über meine Sinne wurde, umso bewusster wurde mir, wie attraktiv er war. Allerdings passte er mit seinem weißen Hemd, der gut geschnittenen Anzughose und den blank polierten Schuhen gar nicht in dieses Café.

„Vielen Dank für Ihre Hilfe. Das war wirklich nett von Ihnen", lächelte ich ihn an.

„Keine Ursache." Er holte seine Brieftasche hervor und zog eine Visitenkarte heraus. „Mein Name ist Ramon. Sollten Sie noch Hilfe benötigen, können Sie mich jederzeit gerne anrufen. Ich lebe hier in Iquitos."

Ich nahm die Karte entgegen und las „Ramon Martinez. Anwalt".

„Danke. Ich heiße Louisa."

Ramon lächelte. In seinen Augen blitzten kleine Fünkchen auf.

„In welchem Hotel wohnen Sie?"

„Im Hilton."

Er nickte. „Eine gute Wahl. Dann auf Wiedersehen, Louisa, schlafen Sie gut."

Damit drehte er sich um und verschwand im Gedränge der anderen Gäste.

Ich seufzte und sank etwas in mir zusammen. Sofort packten die beiden Jungs meine Arme und hielten mich fest.

„Jetzt aber los, ab ins Hotel", sagte Sean und ich hatte keine Einwände. Dieser verdammte Kräutertee hatte mich doch ganz schön aus der Bahn geworfen. Ich schwebte wie in Trance zwischen David und Sean, die mich fest untergehakt hatten.

„Hast du deinen Zimmerschlüssel dabei?“, fragte Jasmin.

Ich übergab ihr den Schlüssel und danach verließ mich jede Erinnerung, bis ich am nächsten Morgen erwachte. Stöhnend richtete ich mich im Bett auf und schaute aus dem Hotelfenster. Die Sonne war gerade über Iquitos aufgegangen und tauchte die Stadt in ein goldenes Licht. Meine Kehle war staubtrocken. Ich schwang die Beine über die Bettkante und setzte mich auf. Ich fühlte mich noch immer leicht benommen. Dieses Teufelszeug würde ich nie wieder trinken. Aber eine Dusche und ein gutes Frühstück würden mich schon auf die Beine bringen.

Das Gesicht von Ramon tauchte vor meinem inneren Auge auf. Was für ein außergewöhnlicher Mann ... Oder hatte ich das Ganze nur geträumt? Doch da fiel mein Blick auf seine Visitenkarte, die auf meinem Nachttisch lag. Ich seufzte. Mir war klar, dass ich ihn nicht anrufen würde. Gefühlsmäßige Verwicklungen waren das Letzte, was ich gebrauchen konnte.

Meine langen Haare waren noch feucht vom Duschen, als ich zwanzig Minuten später durch die Hotelhalle zum Frühstücksraum schlenderte. In der Lobby sprang

ein Mann von einem Sessel auf und kam auf mich zu. Ramon.
„Guten Morgen, Louisa. Bitte entschuldigen Sie, dass ich Sie hier überfalle, aber ich habe mir Sorgen um Sie gemacht.“ Er schien gleichzeitig verlegen und erfreut darüber zu sein, mich zu sehen. Und ich beeilte mich, meinen Mund zu schließen, der vor Überraschung offenstand. „Schön, dass es Ihnen wieder besser geht.“
Ich räusperte mich. „Guten Morgen. Ich weiß gar nicht, was ich sagen soll. Sie haben sich Sorgen gemacht?“
Außer meinen Eltern hatte sich noch nie irgendjemand um mich gesorgt. Und dieser Mann kannte mich doch überhaupt nicht. Nachdem ich nun wieder geistig auf der Höhe war, fiel mir erst richtig auf, wie atemberaubend er aussah. Genau wie gestern war er wieder businessmäßig gekleidet und hätte für ein Männermodemagazin Modell stehen können.
Ramon zuckte die Achseln und nickte. „Natürlich. Es war schon beängstigend, wie Sie gestern, so mir nichts dir nichts auf den Boden aufschlugen.“
Ich fühlte, wie mir das Blut in den Kopf stieg. „Ich war aber nicht betrunken ...“, stellte ich kleinlaut fest.
Seine Augen glänzten vor Heiterkeit. „Das habe ich auch nicht angenommen. Allerdings habe ich gesehen, dass ihr Freund eine Runde ganz besonderer Cocktails bestellt hat. Habe ich recht?“

Ich ließ die Schultern sinken. „Das war nicht mein Freund. Ich hatte die vier gerade erst kennengelernt. Und sie haben mich überredet, diesen Dschungeltrunk einfach mal zu probieren. Er sei nicht gefährlich, haben sie gesagt."
Ramon zog die Augenbrauen hoch. „Das sehe ich anders. Mit Ayahuasca ist nicht zu spaßen. Es kann starke Halluzinationen bewirken. Die Schamanen versetzen Menschen damit in eine tiefe Trance."
Ich war eine Idiotin gewesen, mir dieses Gesöff andrehen zu lassen. Andererseits: Ohne diese ganze Aktion hätte ich Ramon nicht kennengelernt. Und je länger ich ihn ansah, umso besser gefiel er mir. Ob ich doch mal von meinen festen Grundsätzen abweichen sollte?
Ich nickte. „Zum Glück geht es mir jetzt wieder besser. Vielen Dank nochmal für Ihre Hilfe gestern."
Ramon blickte auf seine Armbanduhr, die ziemlich teuer aussah, und lächelte mich an.
„Ich muss gleich ins Büro, aber ich hätte noch Zeit für einen Kaffee. Wie wäre es, darf ich Ihnen beim Frühstück noch etwas Gesellschaft leisten?"
Ich strahlte ihn an. „Gerne!"
Wir bestellten zwei Cappuccinos und ich aß ein Müsli, um erstmal wieder richtig auf die Beine zu kommen. Eine leichte Übelkeit verspürte ich seit der letzten

Nacht immer noch, aber das erzählte ich Ramon natürlich nicht.
Trotz des seltsamen Gefühls in meinem Magen fühlte ich mich wie elektrisiert in der Gegenwart dieses Mannes. Ich war selbst erstaunt, welche Wirkung er auf mich hatte. Die Luft zwischen uns schien zu vibrieren und ich wünschte mir, dass er wie gestern Abend meine Hand halten würde.
„Sie haben ein schönes Lächeln, Louisa. Ich konnte in der vergangenen Nacht kaum schlafen, weil ich ständig an Sie denken musste."
Mein Herz hüpfte. „Wirklich? Dabei habe ich ja nicht den besten Eindruck hinterlassen – k. o. auf dem Boden eines Cafés."
Als er lachte, zeigten sich zwei kleine Grübchen auf seinen Wangen. *Ich musste aufpassen, dass ich ihn nicht dauernd anstarrte. Sonst würde er mich am Ende doch noch für verrückt halten.*
„Ich hoffe, das ist keine Gewohnheit von Ihnen?"
„Nein, in Wirklichkeit bin ich eine ganz langweilige Person. Das geht sogar so weit, dass ich alleine im Urlaub unterwegs bin, weil niemand mit mir fahren will."
Es sollte ein Scherz sein, aber nachdem ich die Wörter ausgesprochen hatte, merkte ich selbst, wie unpassend sie klangen. *Ich war so doof ... Warum konnte ich nicht flirten wie jedes andere Mädchen auch?*

Ramon runzelte die Stirn. „Das glaube ich kaum. Ich würde sofort mit Ihnen in den Urlaub fahren." Er sah wieder auf seine Uhr und fluchte leise. „Aber leider muss ich jetzt erstmal verschwinden, sonst komme ich zu spät. Um zehn Uhr steht ein Klient bei mir im Büro." Er warf sich sein Jackett über die Schulter und trank den Cappuccino aus. Ich war einmal mehr hin und weg von seiner umwerfenden Ausstrahlung.

Wir standen beide auf und fühlten uns wieder gleichermaßen verlegen.

„Louisa, ich kann nicht gehen, ohne zu wissen, dass wir uns wiedersehen. Darf ich Sie heute Abend zum Essen einladen?"

Ich schüttelte den Kopf und Ramons Miene verdüsterte sich.

„Es tut mir leid, aber ich kann nicht. Ich bin nach Iquitos gekommen, um eine Flusskreuzfahrt auf dem Amazonas zu machen und mein Schiff legt heute Nachmittag ab."

„Wann kommen Sie wieder?" Ramon schien aufzuatmen, weil ich einen triftigen Grund hatte, seine Einladung abzulehnen.

„In fünf Tagen."

Er seufzte. „Das werden die fünf längsten Tage meines Lebens."

Wir lachten beide und mein Herz hüpfte wieder wie ein Flummi in meiner Brust.

„Gibst du mir deine Handynummer?“ Ramon war einfach zum Du übergegangen und ich war froh darüber. Wir tauschten unsere Telefonnummern aus und Ramon hauchte mir einen Kuss auf die Wange.
„Auf Wiedersehen, schöne Louisa. Viel Spaß auf deiner Reise und komm mir wohlbehalten wieder zurück.“

***

Der Junge warf mir einen zweifelnden Blick zu. „Und Sie sind sich ganz sicher, dass Sie dorthin wollen? Es ist gefährlich.“

Ich lächelte ihn an. „Nicht, wenn du dabei bist, oder? Der Mann an der Rezeption hat mir versichert, dass ich bei dir in guten Händen sei. Also, was ist nun? Wenn du mich nach Belén bringst, gebe ich dir 40 Sol extra.“

Er grinste. „Okay, Sie sind der Boss. Aber nehmen Sie keine Wertsachen mit, am besten auch kein Geld und passen Sie auf Ihre Kamera auf.“

Ich nickte, gab ihm das Geld und kletterte in seine Motorrikscha. Meine Mutter würde mich vermutlich umbringen, wenn sie wüsste, dass ich mich gerade in das gefährlichste Viertel von Iquitos aufmachte, anstatt eine touristische Stadtführung mitzumachen. Aber sie hatte mich schließlich hierhin geschickt, also konnte ich jetzt auch mal über die Stränge schlagen.

Das Viertel der Pfahlhäuser, zu dem wir unterwegs waren, wurde in einem Prospekt, das ich in der Hotelhalle gefunden hatte, romantisch als das ‚Venedig des Amazonas' bezeichnet. In Wirklichkeit handelte es sich um einen schwimmenden Slum.

„Wenn Sie schon mal hier sind, sollten Sie sich Belén unbedingt ansehen. Aber gehen Sie auf gar keinen Fall alleine hin. Die Menschen, die dort leben, sind bitterarm. Es gibt einige, die nicht davor zurückschrecken würden, Sie am helllichten Tage auszurauben", hatte mich der Rezeptionist im Hilton gewarnt. Das hatte meine Neugier nur noch zusätzlich angestachelt.

Mein Guide drosselte das Tempo und stoppte die Rikscha vor einer breiten Treppe, die hinunter zum Fluss führte. „Wir sind da. Von hier oben können Sie Fotos machen", sagte er und deutete auf den lehmigbraunen Strom, in dem etliche bunte Hütten auf Pfählen standen. Ein kleiner Junge kam mit einem Holzkanu auf uns zugefahren und winkte uns zu.

„Lust auf eine kleine Bootstour? Der Kleine da ist mein Freund, er würde uns für ein paar Sol einmal um die Hütten fahren."

„Na klar, gerne!" Ich nickte begeistert und stieg wenige Minuten später ins Boot. Während die beiden Indios miteinander plauderten, nahm ich die Atmosphäre auf dem Río Itaya in mich auf. Ich hätte das Gefühl gehabt, eine Zeitreise in die Vergangenheit anzutreten, wenn die Jugendlichen, die vor den Hütten saßen, nicht moderne T-Shirts getragen und auf ihren Handys herumgespielt hätten. Jedoch: Die armseligen Bretterbuden, die Frauen, die ihre Wäsche im Fluss wuschen, in dem lauter Abfall herumschwamm, die ihr Kochwasser daraus schöpften und ihre Kleinkinder darin plantschen ließen – dies alles schien mir nicht mehr in unsere moderne Welt zu passen.

Wir blieben nicht lange in Belén und doch hinterließ der Besuch ein unangenehmes Gefühl in mir. Die Frauen vor den Hütten hatten mich schweigend gemustert, ihre Gesichter verrieten nicht die geringste Reaktion. Ich gehörte nicht zu ihnen. Ich war eine jener Besucherinnen, die herkamen, um wie im Zoo einen Blick in eine andere Welt zu werfen. Eine Welt, die von der eigenen Millionen Meilen entfernt war.

Das Gefühl, nicht dazuzugehören, kannte ich nur allzu gut. Während meiner gesamten Schulzeit hatte es immer wieder Mitschüler gegeben, die mich spüren ließen, dass ich anders war. Mit meinen dunklen Haaren und dem milchkaffeebraunen Teint sah ich nun mal etwas exotischer aus als meine beste Freundin Merle mit ihrem roten Pferdeschwanz und den unzähligen Sommersprossen. Sie tröstete mich, als ein Junge aus der Nachbarklasse unserer Grundschule affige

Bemerkungen über mich – das Ausländermädchen – machte.

„Das ist ein Vollidiot, Louisa“, hatte Merle gesagt. „Hör am besten gar nicht hin.“

Ich hatte aber hingehört und eine ungeheure Wut in mir gespürt. Nach der Schule hatte ich ihm aufgelauert und ihn zur Rede gestellt. Ich habe nie jemanden erzählt, was er damals zu mir gesagt hat. Aber es hatte mein Leben verändert. Ich glaube, dieser kleine Scheißer hatte keine Ahnung, was er mit seinen Worten in mir angerichtet hatte. In jenem Moment schluckte ich alles hinunter, was mir durch den Kopf ging und verprügelte ihn nach Strich und Faden. Zum Glück hat er zu Hause nicht verraten, wer ihm so übel mitgespielt hatte. Vermutlich war es ihm peinlich, dass ihn ein Mädchen vermöbelt hatte. Ich habe ebenfalls nichts erzählt. Nachdem ich mir den Staub von den Jeans geklopft hatte und mit dem Fahrrad nach Hause gefahren war, verkroch ich mich in mein Zimmer und heulte stundenlang. Dann rappelte ich mich wieder auf und tat so, als wenn nichts gewesen wäre. Damit begannen die Probleme.

„Zufrieden?“, mein Guide hielt die Hand auf, um die Sol für seinen kleinen Freund aus Belén entgegenzunehmen, und holte mich damit zurück in die Gegenwart.

„Ja, danke, dass du mich mitgenommen hast. Wir können zum Hotel fahren.“

„Von dort ist es nicht weit zum Fluss und zu den schönen Häusern der Kautschukbarone. Die sollten Sie sich unbedingt angucken.“ Der Junge sah mich erwartungsvoll an. „Soll ich Sie da auch noch herumführen?“

Ich hatte eigentlich vorgehabt, mir die Gegend auf eigene Faust anzusehen, es war wirklich nur ein kurzer Spaziergang vom Hotel, aber der Junge sah mich so hoffnungsvoll an, dass ich ihn nicht enttäuschen mochte. Bestimmt konnte er das Geld gut gebrauchen und mir machte es nichts aus, noch ein paar Sol draufzulegen.

„Okay, mein Lieber, dann zeig mir mal die Vorzeigegegend von Iquitos. Auf geht’s!“

Ein breites Lächeln überzog sein Gesicht, während er mit huldvoller Geste auf sein Gefährt wies.

„Mylady, darf ich bitten?“

Auf dem Rückweg fuhren wir noch durch die von Menschen und Motorrikschas übersäte Hauptstraße von Belén. Sie erwies sich als riesiger Markt. Auf primitiven Ständen wurde alles feilgeboten, was der Urwald zu bieten hatte: Bananen und Mangos, Fische, Affenfleisch und Schildkröteneier.

Eine andere Welt erwartete uns, als wir wenig später zu Fuß durch das einstige Nobelviertel von Iquitos schlenderten. Noch war sie spürbar, die vergangene Zeit von Glanz und Glamour, aber längst bröckelte der Putz an den Prachtbauten der Kautschukbarone.

„Sehen Sie sich dieses Haus an! Ist es nicht einzigartig? Das ist das ehemalige Luxushotel Palace“, deutete der Guide auf eines der Häuser zu unserer Linken.

Verschnörkelte Eisenbalkone, mit Kacheln aus Spanien und Portugal verzierte Fassaden – die prächtigen Kolonialhäuser zeugten vom Reichtum ihrer einstigen Besitzer. Letztere waren natürlich längst verschwunden. Das ehemalige Nobelhotel beherbergte inzwischen die Präfektur, im Prachtbau daneben hatte sich das Militär einquartiert.

Der Guide redete und redete, erzählte mir Geschichten über Iquitos, aber ich schaffte es nicht mehr, ihm auch nur halbwegs zuzuhören. Mir war schwindelig. Und dann überkam mich ein Gefühl, dass ich noch nie zuvor gehabt hatte. Meine Augen sahen die Gegenwart, doch mein Geist nahm die Schwingungen der Vergangenheit wahr. Der Schweiß lief mir den Rücken herunter und bittere Magensäure stieg in meiner Speiseröhre empor. *Das kommt bestimmt immer noch von diesem unseligen Zeug, das ich getrunken habe.* Einmal mehr verfluchte ich mich dafür, dass ich mich von den Amerikanern dazu hatte überreden lassen.

Der Guide war stehengeblieben und blickte mich besorgt an. „Sie sehen etwas blass aus, Miss. Ist Ihnen nicht gut?“

Mir ist sogar sauschlecht, mein Lieber, dachte ich. Die anderen Vier hatten ja offenbar überhaupt keine Wirkung verspürt. Naja, was von alleine kommt, geht auch von alleine wieder, sagte ich mir. Der Junge wartete noch immer auf eine Antwort. Also atmete ich tief durch und sagte: „Ich weiß auch nicht. Es ist so schwül auf einmal und vielleicht habe ich zu wenig getrunken.“

Der Junge warf einen Blick zum Himmel. „Ja, heute ist es besonders schlimm, es gibt bestimmt nachher noch Regen. Vielleicht sollten Sie in ein Restaurant gehen und etwas essen und trinken. Dann wird es Ihnen bestimmt schnell besser gehen.“

Ich nickte. „Das werde ich tun. Vielen Dank für die tolle Tour.“

Ich gab ihm noch etwas Geld und wollte mich gerade umdrehen, um zurück zum Hotel zu gehen, als er mich zurückhielt.

„Ich kann Ihnen dieses Restaurant empfehlen. Da gibt es original peruanisches Essen. Es ist nicht teuer und es hat eine ganz besondere Atmosphäre.“

Der Junge zeigte auf ein Haus direkt gegenüber. Fitzcarraldo stand über dem Eingang.

„Ist das nicht der Name von einem Film?“, fragte ich.

„Genau“. Er grinste mal wieder übers ganze Gesicht. „Dieser Film hat Iquitos berühmt gemacht. Der Hauptdarsteller kam aus Deutschland. Im Restaurant gibt’s jede Menge Zeugs über den Film. Die Touristen lieben den Laden.“

„Okay, danke für den Tipp.“

Der Guide schwang sich auf seine Motorrikscha und winkte mir noch einmal zu. Ich betrat das Restaurant und bestellte noch an der Theke eine kalte Cola. Schon nach ein paar Schlucken ging es mir besser und ich sah mich im Lokal um. Die Atmosphäre war klasse. An den Wänden hingen Filmplakate mit den Schauspielern Klaus Kinski und Claudia Cardinale. Dazu jede Menge Fotos von den Dreharbeiten: Kinski auf einem Schiff mit Indios im Rücken, Kinski mit einem Grammophon im Urwald. In einer Ecke des Raumes entdeckte ich sogar die hölzerne Galionsfigur eines Schiffes. Die Bedienung, ein top-modern gekleidetes Mädchen, folgte meinem Blick und sagte: „Die ist original von der Molly Aida. Das ist das Schiff, das Fitzcarraldo im Film von Hunderten Indios über einen Berg tragen lässt.“

Ich nickte, als wüsste ich Bescheid, dabei hatte ich den Film nie gesehen. Aber natürlich nahm ich mir vor, ihn demnächst anzuschauen.

„Möchten Sie auch etwa essen?“ Das Mädchen sah mich erwartungsvoll an und deutete auf mehrere leere

Tische im Restaurant. Die Ventilatoren unter der Zimmerdecke arbeiteten auf Hochtouren und ließen die schwüle Tropenhitze draußen vergessen. Ich nickte. „Sehr gerne.“

Nachdem ich einen gebratenen Amazonasfisch mit Pommes zu mir genommen und noch eine weitere Cola getrunken hatte, ging es mir wieder rundum gut und ich trat den kurzen Rückweg zum Hotel an. Ich musste noch schnell meine Sachen packen und auschecken, denn am frühen Nachmittag sollte ich abgeholt und zum Schiff gebracht werden.

Als ich in der Hotelhalle des Hilton stand und auf den Transfer wartete, fiel mir auf einmal ein, dass ich für die nächsten Tage mehr oder weniger von der Außenwelt abgeschnitten sein würde. Kein Internet, kein Facebook, kein Whatsapp. Irgendwie hatte man sich schon so an das Zeugs gewöhnt, dass ich mir schwer vorstellen konnte, ein paar Tage mal ganz darauf zu verzichten. Bisher hatte ich jede Menge Selfies aus Peru an meine Familie zu Hause verschickt. Damit war nun erstmal Schluss. Ich überlegte, ob ich noch einmal das WLAN des Hotels nutzen sollte, um meine Eltern übers Internet anzurufen.

Oder Ramon? Immer wieder hatte ich im Laufe des Tages an ihn denken müssen. Noch nie hatte ein Mann eine derartige Wirkung auf mich gehabt. Ich würde ihn gerne wiedersehen ... Aber was würde das bringen? Der

Typ lebte hier und ich würde in einigen Tagen zurück nach Deutschland reisen. Mit Sicherheit war es besser, ihn nicht anzurufen. Und wahrscheinlich sollte ich ihn so schnell wie möglich vergessen.

Ich wählte seine Nummer. Ich würde einfach nochmal kurz Tschüss sagen und fertig. Es klingelte zweimal, dann ging seine Sekretärin dran.

Señor Martinez sei auf einem Termin, ließ sie mich wissen und ob sie etwas ausrichten könne.

Das war dann wohl Schicksal, dachte ich, bedankte mich bei der Frau und legte auf. Im gleichen Moment entdeckte ich einen Mann an der Rezeption, der das Logo meines Reiseveranstalters auf seinem Poloshirt trug. Ich tippte ihm auf die Schulter und nannte meinen Namen.

„Wunderbar. Herzlich willkommen in Iquitos“, sagte der Mann, der sich als Pedro vorstellte, meinen Koffer schnappte und zu einem Bus ging, der vor dem Hotel hielt.

„Wir müssen noch ein paar andere Gäste aus verschiedenen Hotels abholen und dann geht es auf die *Amazon Queen*“, erklärte er und ließ mich einsteigen.

Nach und nach füllte sich der Bus mit Touristen. Größtenteils handelte es sich um Ehepaare mittleren Alters aus Deutschland, den USA und Kanada. Zum Schluss stiegen noch eine kleine Reisegruppe aus Peru und zwei deutsche Jungs mit Rucksäcken ein. Dann waren wir vollzählig.

Pedro nahm das Mikrofon. „Liebe Gäste, wir fahren jetzt nach Nauta, wo unsere *Amazon Queen* auf Sie wartet. Freuen Sie sich auf eine wunderschöne Flusskreuzfahrt auf dem Amazonas."

Ich lehnte mich zurück und genoss die Fahrt. Wenn keine anderen Urlauber auf das Schiff kämen, wäre ich die einzige Alleinreisende. Aber das machte mir wenig aus. Was waren schon fünf Tage? Zu Hause war ich auch oft alleine. Ich hatte mir mein Leben so eingerichtet und fand es gut so. Wenn es mir auf dem Schiff zu langweilig würde, könnte ich immer noch lesen. Mein E-Book-Reader war voll mit spannenden Thrillern. Wahrscheinlich hätte ich so bald nicht wieder so viel Zeit für gemütliche Lesestunden, dachte ich.

In Nauta stiegen wir vom Bus in mehrere kleine Motorboote um, die uns auf dem Río Marañón zu unserem Schiff brachten. Die *Amazon Queen* hatte mit den schneeweißen, langen und flachen Flussschiffen, die auf dem Rhein und der Donau unterwegs waren, soviel gemeinsam wie ein Bungalow mit einem Hochhaus. Unser Schiff war im Kolonialstil gebaut und hatte einen abenteuerlichen Look. Das gefiel mir. Ich nahm meinen Schlüssel in Empfang und bezog meine Kabine. Der ganz in Weiß gehaltene Raum bestand fast nur aus einem großen Bett und einem bodentiefen Fenster, das den Blick auf den Fluss und den Dschungel freigab. Die Aussicht war fantastisch. Ich fragte mich, wie ich bei einem solchen Ausblick bloß jemals schlafen sollte, aber schließlich würde es ja irgendwann dunkel sein und dann könnte man den Urwald vor der Fensterscheibe nur noch erahnen.

Am Nachmittag trafen sich alle Gäste zu einem kurzen Briefing in der Lounge. Pedro erklärte uns, dass wir jeden Tag zwei bis drei Exkursionen unternehmen würden und dass manche schon in aller Herrgottsfrühe stattfänden. Jeweils beim Abendessen würde er uns das Programm für den nächsten Tag erläutern. Wer etwas vergessen habe, könnte es auch nochmal auf einer Tafel nachlesen, die sich auf dem unteren Deck befand – dort, wo man auch in die kleineren Beiboote einstieg. Der erste Ausflug stand schon an diesem Nachmittag auf dem Programm. Die *Amazon Queen* hatte inzwischen abgelegt und tuckerte in gemächlichem Tempo über den Fluss. Nach dem Briefing hatten sich die meisten Passagiere übers Schiff verstreut. Ich folgte Pedro und den kanadischen Urlaubern aufs Oberdeck, wo einige Hängematten im Fahrtwind schaukelten.

Die beiden kanadischen Ehepaare stellten sich mir als Jeff und Linda sowie Andrew und Debby vor. Alle vier kannten sich schon lange und verbrachten ihre Urlaube meist gemeinsam – mit Vogelexkursionen. „Ich liebe

Vögel“, erklärte Debby mir und hielt mir eine schwarze Kladde vor die Nase. „Darin habe ich alle Vogelarten notiert, die ich in meinem Leben gesehen habe. Und hier sollen noch einige dazukommen.“ Ihre Augen funkelten abenteuerlustig. „Und du? Bist du auch wegen der Vögel hier?“

Ich schüttelte den Kopf. „Ich habe die Reise zum Abschluss meines Studiums von meinen Eltern geschenkt bekommen. Und nun lasse ich mich mal überraschen.“

Debby lächelte. „Toll. Du musst klasse Eltern haben. Ich hoffe, du wirst die Zeit hier genießen, bevor es dann mit der Arbeitswelt losgeht.“

Bevor ich antworten konnte, stieß Pedro einen Schrei aus. „Debby! Hast du den Kingfisher gesehen?“

Debby ließ vor Schreck fast ihr Notizbuch fallen und klemmte sich sekundenschnell ein bestimmt sehr teures Fernglas vor die Augen.

„Nein“, hauchte sie zaghaft. „Wo ist er denn, Pedro?“

Alle Urlauber, die an der Reling standen, starrten jetzt wie hypnotisiert auf die grüne Wand aus Tropengewächsen, die ein paar Meter vor uns lag.

Pedro flüsterte nun. „Siehst du den abgestorbenen Baumriesen da vorne links?“

Debby nickte.

„Ein Stückchen rechts davon, etwa auf halber Höhe des Baumes. Siehst du ihn?“

Ich folgte Pedros Anweisungen und sah – nichts. Allerdings hatte ich ja auch nicht so ein super Fernglas wie Debby, die inzwischen einen Freudenschrei von sich gab.

„Oh Pedro. Er ist wundervoll! Danke für den Tipp!“

Sekunden später notierte sie ‚Kingfisher‘ in ihrem Notizbuch.

„Und Louisa, wie gefällt es dir auf unserer *Amazon Queen*?“, wandte Pedro sich mir zu.

„Fantastisch. Ist das eigentlich schon der Amazonas, auf dem wir fahren?“

Pedro schüttelte den Kopf. „Wir sind immer noch auf dem Marañón. Er ist einer der Hauptquellflüsse des Amazonas. In den nächsten Tagen wirst du auch noch den anderen Quellfluss, den Ucayali, kennenlernen. Und schließlich auch den Amazonas selbst.“

Während Pedro sich noch um irgendwelchen Papierkram kümmern wollte, hatten sich die meisten Passagiere zu einer Siesta auf ihre Kabinen zurückgezogen. Ich legte mich in eine der Hängematten in den Schatten und genoss die leichte Brise auf der Haut. Das gleichmäßige Motorengeräusch der *Amazon Queen* lullte mich ein und ich schloss die Augen. Im Dämmerzustand zwischen Wachen und Schlafen träumte ich vom Dschungel. Ich stand allein auf einer winzigen Lichtung inmitten riesiger Urwaldbäume. Und ich wusste instinktiv, dass das Schiff mich zurückgelassen hatte. Ich schaute nach oben. Im dichten Gewirr der grünen Baumkronen blieb nur ein kleines Rechteck frei, das den Himmel zeigte. Das Zirpen der Grillen war ohrenbetäubend. Die Luft vibrierte. Energie durchflutete meinen Körper. Ich hatte keine Angst. Ich fühlte mich weder einsam noch fremd. Ganz im Gegenteil – ich war eins mit dem Dschungel.

Ein Schwall kalten Wassers aus dem Hahn in meinem Badezimmer half, dass ich aus meiner Benommenheit erwachte. Fast hätte ich den ersten Ausflug verschlafen. Merkwürdig, ich war sonst nie eine Schlaftablette. So etwas wie Mittagsschlaf kannte ich nur vom Hörensagen. Ob das immer noch die Nachwirkungen von diesem seltsamen Ayahuasca waren?

Es war inzwischen später Nachmittag und die *Amazon Queen* hatte irgendwo in the middle of nowhere angelegt. Blitzschnell cremte ich mich mit meinem Sonnenschutzmittel ein, sprühte noch Mückenspray obendrauf, schnappte mir meine Tasche mit der Kamera und lief los. Eines der kleinen Boote war bereits auf dem Fluss unterwegs, das andere war bis auf einen freien Platz gefüllt. Pedro reichte mir die Hand und half mir aufs Boot, während die anderen Urlauber mir einige missbilligende Blicke zuwarfen. Urlaub war die eine Sache, aber auf Leute zu warten, die zu spät kamen, eine ganz andere. Kaum saß ich auf meinem Platz, ließ ein Crewmitglied der *Amazon Queen* den kleinen Außenbordmotor des Bootes an und wir tuckerten los.

„Na, verpennt?“, sagte eine Stimme neben mir. Es war einer der beiden Rucksackjungs. „Ich bin Jonas. Und das ist mein Freund Alex“, deutete er auf seinen Kumpel, der neben ihm saß.

„Hallo, ich bin Louisa. Ja, und zu meiner Schande muss ich gestehen, dass ich tatsächlich in einer der Hängematten eingenickt bin. Tut mir leid, dass ihr auf mich warten musstet.“

„Macht doch nichts. Wir sind selbst gerade erst eingestiegen. Aber es ist voll krass hier, oder?“

Ich nickte. „Kann man sagen. Seid ihr schon länger in Peru unterwegs?“

„Seit einem halben Jahr. Alex und ich haben zuerst bei einem sozialen Projekt in Cuzco gearbeitet und jetzt sehen wir uns noch ein bisschen das Land an, bevor es dann bald wieder zurück nach Hause geht.“

Ich erzählte den beiden, dass ich die Reise zum Studienabschluss bekommen hatte, aber bevor wir noch weiter ins Detail gehen konnten, hob Pedro die Hand und der Bootsführer drosselte den Motor.

„Da! Ein Leguan!“, flüstere Pedro und deutete auf die Spitze eines gewaltigen Urwaldbaumes. Ich sah mal wieder nichts. Aber diesmal ging es mir nicht alleine so. Alle anderen im Boot starrten ratlos auf den Baum und suchten den Leguan. Fünf Sekunden später sahen wir ihn. Pedro hatte einen Laserpointer aus der Tasche gezogen und ließ den Strahl am Baum nach oben tanzen, bis er an einem nicht geraden kleinen, giftgrünen Reptil hängenblieb. Wow, das Tier war wirklich groß und verharrte reglos im Blättergewirr, so dass es nahezu perfekt mit seiner Umgebung verschmolz. Ich fragte mich, wie Pedro ihn während der Bootsfahrt entdecken konnte. Oder war er etwa gar nicht echt? Aber noch während ich mich dies fragte, huschte der Leguan blitzschnell den Baum hinab und verschwand im Dschungel.

Der Bootsführer ließ den Motor wieder an und wir fuhren weiter über den Marañón, bogen in kleinere Seitenkanäle ab, in denen die Zweige der Äste unsere Arme streiften und das Blätterdach kaum noch Licht hineinließ. Wir sahen jede Menge tropischer Vögel, einen Kaiman und ein paar Affen. Zufrieden mit der Ausbeute des Nachmittags machten wir uns schließlich wieder auf den Heimweg. Die Zeit war unwichtig geworden bei unserer Tour durch den Urwald. Das Gluckern des Wassers, die Fülle der Natur, die Tiere, die hier zu Hause waren – mein Geist war voll von all den Eindrücken der letzten Stunden – und mein Herz war leicht.

Es war stockdunkel, als wir auf die *Amazon Queen* zurückkehrten. Vor den erleuchteten Fenstern schwirrten Myriaden von Mücken. Schnell gingen alle auf die Kabinen zurück, um sich fürs Abendessen frisch zu machen.

Als ich das Restaurant betrat, waren bereits alle Tische bis auf einen voll besetzt. Jonas und Alex sahen mich an und zuckten bedauernd die Schultern, sie hatten wohl versäumt, mir einen Platz freizuhalten. Also steuerte ich auf den einzigen Tisch zu, an dem noch Plätze frei waren. Bis jetzt saß dort nur ein junges Paar, dass ich zum ersten Mal sah. Und so lernte ich Juan und Mayumi kennen.

Begegnungen

„Guten Abend. Mein Name ist Louisa und ich komme aus Deutschland. Darf ich mich heute zu Ihnen setzen?“

Das Paar strahlte mich an, als hätte es nur auf mich gewartet.

„Natürlich, Louisa. Wir würden uns sehr freuen. Setzen Sie sich doch. Ich bin Mayumi und dies ist mein Mann Juan.“

Während die Frau gesprochen hatte, war ihr Mann aufgesprungen und hatte mir wie ein Gentleman den Stuhl zurückgeschoben. Ich musste mich beherrschen, um Mayumi nicht fortwährend anzustarren. In meinem ganzen Leben hatte ich noch keine so schöne Frau gesehen. Sie war von zierlicher Gestalt, besaß einen makellosen Teint und langes dunkles Haar, das sich in sanften Wellen auf ihren Rücken ergoss. Aber es war nicht nur ihr Äußeres. Sie schien von innen heraus zu strahlen, so als habe sie ein helles Licht dort, wo bei anderen Menschen die Organe unter der Haut liegen. Einzig ihre Augen waren verwirrend. Sie schienen mich anzublicken, bis in meine Seele vorzudringen, und blieben doch auf eine verstörende Weise starr.

Juan schien meine Verwunderung zu bemerken. „Meine Frau ist von Geburt an blind.“

Ich Trottel. „Oh, das tut mir leid“, stammelte ich.

In IT-Dingen war ich wirklich gut, aber im Umgang mit anderen Menschen kam ich mir manchmal so linkisch vor. Ich übersah die offensichtlichsten Sachen. Und in den entscheidenden Augenblicken schienen mir stets die richtigen Worte zu fehlen. Die Computerprogramme, mit denen ich mich beschäftigte, störte das nicht weiter, aber bei meinen Mitmenschen war ich mit meiner Art schon so manches Mal ins Fettnäpfchen getreten. Vor allem beim anderen Geschlecht.

„Es muss Ihnen nicht leidtun.“ Mayumi lächelte in sich hinein. „Ich kenne es ja gar nicht anders und ich hatte das Glück, zwei sehr liebe Menschen um mich herum zu haben, die mir die Welt geschildert haben. Wer weiß, vielleicht habe ich ein viel besseres Bild von der Welt, als all die Leute, die mit ihren Augen sehen können.“

Juan hatte ihre Hand ergriffen und streichelte sie. Er schaute sie an und es lag so viel Liebe in seinem Blick, dass mir auf einmal selbst ganz warm ums Herz wurde.

Der Kellner kam, wir bestellten eine Flasche Wein für uns zusammen und während des anschließenden Essens erfuhr ich mehr und mehr über meine neue Reisebekanntschaft. Mayumi und Juan waren Peruaner aus Iquitos. Wir sprachen Spanisch miteinander. Obwohl dies für mich eine Fremdsprache war, fand ich im Laufe des Abends immer mehr in ihren Rhythmus und konnte mich bald so flüssig unterhalten, als würden wir Deutsch sprechen.

Wir waren längst zum ‚Du‘ übergegangen, als Mayumi mich nach dem ersten Dschungelausflug fragte, den sie offenbar nicht mitgemacht hatte.

„Es war fantastisch“, antwortete ich und erzählte ihr von all den Tieren, die wir gesehen hatten.

Mayumi strahlte. Sie wollte jedes Detail der Bootsfahrt erfahren. „Du magst also Tiere“, stellte sie schließlich fest. Ich nickte und merkte im gleichen Augenblick, dass sie dies ja gar nicht sehen konnte. Doch sie schien meine Zustimmung trotzdem gespürt zu haben und fragte gleich weiter. „Habt ihr auch rosa Flussdelfine entdeckt?“

„Nein, aber Pedro meinte, dass wir sie in den nächsten Tagen ganz bestimmt noch zu sehen bekommen.“

„Dann nimm dich in Acht, Louisa“, schmunzelte Mayumi.

„Warum? Ich liebe Delfine. Sie gehören doch zu den freundlichsten und intelligentesten Tieren der Welt.“

„Das stimmt. Aber mit unseren rosa Flussdelfinen vom Amazonas hat es eine besondere Bewandtnis.“

Juan sah mich an und schüttelte lächelnd den Kopf. „Jetzt kommt wieder eine von Mayumis Geschichten. Sie kennt die Legenden des Amazonas wie keine andere. Aber lass dir davon bloß keine Angst einjagen.“

„Eine Legende?“ Meine Neugier war geweckt. „Die muss ich hören. Und erst recht, wenn es um Delfine geht.“

Mayumi warf eine ihrer langen Locken zurück und nickte zufrieden.

„Also gut. Du solltest wissen, dass es bei uns in Peru einen sehr großen, rosafarbenen Delfin gibt, der sich in einen schönen Mann verwandeln kann. Von Zeit zu Zeit ändert er seine Gestalt, kommt ans Ufer und sucht die Bekanntschaft eines jungen, hübschen Mädchens. Sobald es sich in ihn verliebt hat – und das geschieht dank seines unglaublichen Charmes unweigerlich – überredet er seine Liebste, mit ihm ins Wasser zu gehen, um dort mit ihm zu leben. Immer wieder ist das schon passiert. Frag ruhig die Einheimischen. Wenn irgendwo eine junge Frau spurlos verschwindet, werden sie dir sagen, der Delfin habe das Mädchen geraubt.“

Ich lachte. „Also haben eure Delfine hier wohl nicht den allerbesten Ruf.“

„Das stimmt“, sagte Juan. „Und manchmal bekommt das sogar ein ahnungsloser Tourist zu spüren. Ich habe mal einen gutaussehenden Burschen aus Amerika getroffen, der an einem Dorffest teilnehmen wollte und von den Leuten gemieden wurde wie die Pest. Er konnte sich das gar nicht erklären, weil er ausgesprochen freundlich zu allen war. Aber es war ganz einfach. Sie haben ihn für einen Delfin gehalten.“

„Dann muss ich mich jetzt also doppelt vorsehen“, erwiderte ich. „Sobald entweder ein gutaussehender Typ oder ein rosa Delfin auf mich zukommt, werde ich die Flucht ergreifen.“

„Besser ist es“, kicherte Mayumi. „Warum bist du überhaupt alleine unterwegs? Gibt es da keinen jungen Mann, der dich begleiten wollte?“

„Mayumi“, sagte Juan und verdrehte die Augen. „Wir haben Louisa doch gerade erst kennengelernt ...“

„Schon gut“, winkte ich ab. „Der Märchenprinz hat sich bei mir noch nicht vorgestellt. Ich schätze mal, den gibt es auch gar nicht. Aber zum Glück kommt man ja auch ohne Mann ganz gut durchs Leben.“

Ich hoffte, dass das Thema damit beendet war. Wenn ich über eine Sache ungern sprach, dann über Beziehungen. Natürlich hatte es schon einige in meinem Leben gegeben, aber alle waren nur von kurzer Dauer gewesen und ich hatte sie sofort beendet, wenn es darauf hinauslief, dass man wirklich fest zusammen war. „Vielleicht solltest du deswegen mal eine Psychotherapie machen“, hatten mir einige Kommilitoninnen an den Kopf geworfen. Doch von diesem Schwachsinn wollte ich nichts hören. Sollten sie sich ruhig unsterblich verlieben, dann wieder verlassen werden und vor lauter Liebeskummer am Boden zerstört sein – sowas blieb mir zum Glück erspart.

Mayumi sah traurig aus, wie durch ein Wunder fand ihre Hand auf Anhieb meine und sie streichelte darüber. „Nur weil du die Liebe bis jetzt noch nicht gefunden hast, heißt es nicht, dass es sie nicht gibt. Schau dir Juan und mich an. Niemand wollte unserer Liebe eine Chance geben. Ich stamme aus einer sehr alten, sehr reichen Familie in Iquitos und Juan arbeitet als Gärtner für meine Eltern. Eine unmögliche Liaison, finden die Leute!“

Bei ihren letzten Worten strahlte Mayumi übers ganze Gesicht. Ich konnte mir gut vorstellen, dass sie nicht einen Cent auf Standesunterschiede gab und ihren Kopf durchsetzen konnte – ob blind oder nicht. Jetzt wurde mir auch klar, warum ich von Anfang an den Eindruck gehabt hatte, dass die beiden aus zwei verschiedenen Welten kamen, obwohl sie doch beide aus Iquitos stammten. Sowohl Mayumi als auch Juan war etwas altmodisch gekleidet – was aber zu ihrem jeweiligen Typ passte. Vintage war ja sowieso modern, deswegen hatte es mich auch gar nicht gestört. Es war jedoch nicht zu übersehen, dass Mayumis Kleidung von bester Qualität und bestimmt teuer gewesen war, während Juan zwar sauber, aber doch recht einfach gekleidet war.

„Du bist also Gärtner, Juan? Was für ein schöner Beruf! Du musst sehr glücklich damit sein, oder?“, wandte ich mich an Juan, der bisher kaum etwas gesagt hatte. Neben der lebhaften Mayumi war er selten zu Wort zu kommen, was ihn aber nicht im Geringsten zu stören schien. Als ich auf seinen Beruf zu sprechen kam, leuchteten seine Augen.

„Ich liebe es, Gärtner zu sein, Louisa. Es gibt für mich nichts Schöneres, als einen Samen in die Erde zu setzen und später zuzusehen, wie aus einem kleinen Korn eine prächtige Pflanze wird. Die Natur gibt uns Menschen soviel, man muss nur die Augen öffnen, dann kann man ihren Reichtum überall erkennen."

„Ist es nicht toll, wenn man so von seinem Beruf begeistert ist? Juan bringt mir jeden Tag etwas aus dem Garten mit: betörend duftende Rosen, süße Tomaten und manchmal nur das Blatt eines Baumes. Ich streiche dann mit meinen Fingern über seine Oberfläche, spüre die kleinen Verästelungen, die Energie, die ihm innewohnt. Diese Geschenke sind mir mehr wert als jeder Diamantring."

Mayumi sprühte vor Energie. Juan lachte. „Einen Diamantring werde ich dir wohl nie kaufen können, meine Prinzessin. Dafür wird mein Geld, das ich als Gärtner verdiene, leider niemals reichen."

„Das macht nichts, mein Schatz. Auf Diamanten kann ich verzichten, auf dich nicht", antwortete Mayumi und ich spürte, dass sie jedes einzelne Wort genauso meinte, wie sie es gesagt hatte.

„Du bist zu beneiden, Juan. Ich kenne nicht viele Menschen, die so glücklich mit ihrem Beruf sind. Als ich noch klein war, wollte ich auch immer Gärtnerin werden. Aber wie das so ist im Leben, irgendwann macht man dann doch etwas völlig anderes."

Ich hatte schon ewig nicht mehr an meinen Kindheitstraum gedacht. Früher gab es nichts Reizvolleres für mich, als im Garten zu sein. Wenn meine Eltern mich suchten, fanden sie mich meist total verdreckt in irgendeinem Beet, in dem ich versuchte, die eingepflanzten Blumen neu zu arrangieren. Später hatte ich mein Jugendzimmer in eine Art Dschungelcamp verwandelt, in dem die unterschiedlichsten Palmen gediehen.

„Du hast eindeutig einen grünen Daumen", hatte meine Mutter immer kopfschüttelnd gesagt. In meinem Regal standen etliche Bildbände über die berühmtesten Gärten der Welt und insgeheim hatte ich davon geträumt, einmal eine anerkannte Landschaftsarchitektin zu werden. Wann hatte ich diesen Traum eigentlich aufgegeben? Ich versuchte, mich zu erinnern, aber es wollte mir beim besten Willen nicht einfallen. Als kurz vor dem Abitur die Frage immer drängender wurde, was ich mit meinem Leben anfangen wollte, entschied ich mich für die Informatik, weil die Mathematik, die dafür wichtig war, mir klar und eindeutig erschien. Auf sie konnte man sich verlassen. Und zudem ließ sich mit Jobs im Informatik-Bereich eine Menge Kohle verdienen. So würde ich immer unabhängig sein können und wäre niemals auf irgendjemanden angewiesen. Und das war mir wichtig.

„Du wolltest Gärtnerin werden?“ Juan schien ehrlich verblüfft zu sein. „Warum bist du dann keine? Haben deine Eltern dir davon abgeraten?“

„Nein, nein“, beeilte ich mich zu sagen. „Meine Eltern würden wahrscheinlich jeden Berufswunsch von mir unterstützen. Für sie ist das Wichtigste, dass ich glücklich bin.“

„Aber dann kannst du es doch noch immer werden“, insistierte Juan.

„Theoretisch schon. Aber nun habe ich ja gerade mein Masterstudium in IT erfolgreich abgeschlossen und kann jetzt eine Menge Geld verdienen. Da kann ich doch keine Gärtnerlehre mehr anschließen ... Vielleicht kaufe ich mir später mal ein tolles Haus mit einem großen Garten und tobe mich dort in meiner Freizeit aus.“

Juan nickte etwas lahm. „Ja, sicher. Das ist bestimmt auch eine Möglichkeit.“

Die meisten der anderen Gäste hatten das Schiffsrestaurant inzwischen verlassen. Kein Wunder, hatte Pedro uns doch nach dem Dessert mitgeteilt, dass wir am kommenden Morgen schon um kurz nach fünf Uhr geweckt würden, um das Erwachen des Tages im

Dschungel zu erleben. Um überhaupt noch eine Mütze voll Schlaf zu bekommen, sollte man sich besser nicht zu spät ins Bett begeben.

„Wir werden uns jetzt auch zurückziehen. Es war schön, dich kennengelernt zu haben, Louisa. Ich freue mich schon, dich morgen wieder zu sehen“, sagte Mayumi.

***

„Guantanamera!!“ Vor meiner Kabinentür ertönte der kubanische Gassenhauer lautstark aus zwei peruanischen Kehlen, begleitet von einem melodischen Gitarrenspiel. Das nenne ich mal einen gelungenen Wake-up Call, dachte ich. Ich knipste das Licht an und warf einen Blick auf meine Armbanduhr. Es war kurz vor halb sechs und draußen war es noch stockdunkel. Mein musikalisches Weckkommando klopfte noch einmal nachdrücklich an die Tür, bevor es zur nächsten Kabine weiterzog und ich schälte mich aus den Laken. Nach einer Katzenwäsche warf ich mich in die Klamotten, die ich abends herausgelegt hatte: Eine leichte Trekkinghose, eine Bluse mit langem Arm (Mücken!), Socken, Turnschuhe, fertig. Diesmal würde ich nicht zu spät kommen.

Mir blieb sogar noch Zeit für einen Becher Kaffee, ehe die anderen Urlauber eintrudelten, um nacheinander in die Boote zu steigen. Ich hielt Ausschau nach Juan und Mayumi. Der vergangene Abend war einer der schönsten seit langem für mich gewesen. Ich konnte nicht sagen warum, aber ich fühlte mich einfach rundum wohl in der Gesellschaft der beiden. Und das sollte bei mir etwas heißen. Ich war Fremden gegenüber meist misstrauisch und die wenigen Freundschaften, die ich in meinem Leben geschlossen hatte, waren eher lockerer Natur.

Inzwischen stiegen die ersten Gäste in die Motorboote ein, doch das Paar aus Iquitos war nicht unter ihnen. Ich zuckte die Schultern, stieg in eines der Boote und kam wieder neben den Vogelliebhabern aus Kanada zu sitzen. Um diese Zeit waren alle noch müde. Schweigend fuhren wir hinaus in die Dunkelheit und ließen die erleuchtete *Amazon Queen* hinter uns zurück.

Das gleichmäßige Geräusch des Motors, das Plätschern der Wellen und das endlose Konzert der Zikaden waren die einzigen Geräusche auf unserer Reise über den Marañón. Nach einer guten halben Stunde bogen wir in einen schmalen Nebenarm des Flusses ein und der Bootsführer drosselte den Motor. Pedro stand am Bug und leuchtete mit einer Taschenlampe auf den grünen Teppich aus Wasserpflanzen, der von unserem Boot geteilt wurde und sich sogleich wieder schloss. Keiner wusste, wonach er Ausschau halten sollte, aber müde war inzwischen niemand mehr. Plötzlich gab Pedro dem Bootsführer ein Zeichen, den Motor zu stoppen, griff blitzschnell ins Wasser und hielt Sekunden später einen kleinen, verdutzt dreinblickenden Kaiman in den Händen. Das Reptil blieb bemerkenswert ruhig, seine feuchte Haut glänzte im Schein der Taschenlampe. Wir alle machten Fotos und Pedro erzählte uns einige Dinge über die Kaimane des Amazonasgebietes, bevor er den kleinen Kerl wieder ins Wasser entließ.

Wir fuhren weiter, langsam dämmerte der Morgen. Es begann zu regnen. Der Bootsführer öffnete eine Kiste und holte einen Stapel Regenponchos hervor, die wir uns dankbar überstreiften. Was als leichter Nieselregen begonnen hatte, entwickelte sich zu einem heftigen Tropenschauer. Nebelschwaden waberten über den Urwald. Das Prasseln der Regentropfen mischte sich mit dem Singen der Urwaldvögel. Ich lehnte mich zurück und genoss den Regen, die Luft, die Energie der Natur um mich herum. So muss es hier schon immer gewesen sein, schoss es mir durch den Kopf. Und ich war meinen Eltern mit einem Mal unendlich dankbar, dass sie mir dieses Erlebnis ermöglicht hatten. Noch nie zuvor hatte ich mich der Natur so nahe gefühlt, war so im Hier und Jetzt verwurzelt gewesen wie an diesem Morgen im Dschungel von Peru.

Zurück auf der *Amazon Queen* stürzten wir uns hungrig aufs Frühstücksbüfett. Ich hielt einmal mehr

Ausschau nach meinem Paar aus Iquitos. Fehlanzeige. *Wahrscheinlich hatten die beiden auf den Ausflug verzichtet und schon gefrühstückt, während wir alle unterwegs waren.*

„Hey Louisa, willst du dich nicht zum Frühstück an unseren Tisch setzen?" Jonas und Alex standen vor mir und grinsten breit.

„Ich hoffe, du bist nicht sauer, weil wir gestern zu blöd waren, einen Platz für dich freizuhalten?" Jonas sah mich fragend an und machte einen etwas schuldbewussten Eindruck.

„Nein, überhaupt nicht. Ich hatte einen sehr netten Abend, macht euch keine Gedanken", antwortete ich.

Jonas zog die Augenbrauen hoch, sagte aber nichts. „Okay, dann lass uns mal frühstücken, ich habe einen Bärenhunger."

Ich setzte mich neben die beiden Jungs, die mit dem anderen Boot gefahren waren, und wir erzählten uns gegenseitig von der Ausbeute an Tieren, die wir an diesem Morgen gesehen hatten.

„Oh Mann, bin ich satt." Alex hielt sich den Bauch und lehnte sich auf seinem Stuhl zurück. „Ich werde jetzt mal eine kleine Siesta einlegen, schließlich sind wir ja mitten in der Nacht aufgestanden."

„Gute Idee." Jonas gähnte und erhob sich. „Nach dem Mittagessen kommt der nächste Ausflug. Bis dann, Louisa."

„Macht's gut, wir sehen uns." Ich stand ebenfalls auf und überlegte, was ich tun sollte. Richtig müde war ich eigentlich nicht. Ich beschloss, mir meinen E-Book-Reader aus der Kabine zu holen und in einer der Hängematten auf dem Oberdeck zu lesen. Wie ich mir schon gedacht hatte, war das oberste Deck mal wieder leer. Ich schlenderte auf die Hängematten zu und sah erst jetzt, dass eine von ihnen belegt war. Mayumi lag mit geschlossenen Augen darin und schaukelte leicht hin und her. Ich fragte mich, ob sie schlief, aber da lächelte sie bereits und fragte: „Louisa? Bist du es?"

„Ja. Ich bin es. Aber wie konntest du das wissen, Mayumi?" Ich war ziemlich perplex.

„Du hast einen speziellen, leichtfüßigen Gang. Und du trägst das gleiche Parfum wie gestern Abend. Wer blind ist, achtet auf solche Details."

Natürlich, das hätte ich mir ja denken können. Obwohl mir noch nie jemand gesagt hatte, ich hätte einen leichtfüßigen Gang. Insgeheim freute ich mich über dieses nette Kompliment.

„Wo ist denn Juan?", fragte ich.

„Oh, er steht gewiss irgendwo an der Reling und blickt in den Dschungel", antwortet Mayumi. „Juan ist im Dschungel geboren, weißt du. Seine Mutter ist eine bekannte Schamanin. Manchmal glaube ich, dass er das Leben mitten im Amazonas-Regenwald vermisst. Er würde das natürlich nie zugeben, deswegen brauche ich ihn gar nicht erst zu fragen."

„Seine Mutter ist eine Schamanin?", wiederholte ich. „Wow, das klingt total interessant. Bestimmt hat er vieles über die heimischen Pflanzen von ihr gelernt. Ich muss ihn unbedingt später danach fragen."

„Ja, mach das. Allerdings wird er wahrscheinlich nicht viel über sie sagen. Sie haben sich gestritten und er hat vor einiger Zeit den Kontakt zu ihr abgebrochen."

„Oje, das tut mir leid. Gut, dass du es mir erzählt hast. Dann ist das wahrscheinlich doch kein so gutes Thema."

Mayumi lächelte versonnen vor sich hin. „Vermutlich nicht. Aber jetzt erzähl du erstmal. Wie war der Ausflug heute Morgen?"

„Der Hammer. Wir hatten einen echten Kaiman bei uns im Boot. Schade, dass ihr nicht dabei gewesen seid."

„Ja, das ist wirklich schade, aber für mich ist es schwierig wegen meiner Blindheit und ich möchte den Ablauf nicht stören. Außerdem reicht es mir, auf der *Amazon Queen* über den Fluss zu fahren, die Geräusche des Urwalds zu hören, seinen Duft einzuatmen. Und mir dann von dir berichten zu lassen, was du alles gesehen hast."

Ich tat ihr den Gefallen und beschrieb ihr unsere morgendliche Tour in allen Einzelheiten. Als

Gegenleistung erzählte Mayumi mir einmal mehr eine der Legenden des Amazonas.

„Hast du schon einmal von der Sachamama gehört, Louisa?“

Sie wartete meine Antwort gar nicht erst ab und fuhr gleich fort.

„Sie ist die spirituelle Mutter unseres Regenwaldes. Ihr Geist wohnt im Körper einer Riesenanakonda. Die Legende sagt, dass Sachamama den Urwald erschaffen habe und ihn schützt. Juan weiß viel über sie, seine Mutter kennt geheimnisvolle Rituale, in denen sie Sachamama darum bittet, ihr zu helfen.“

Juans Mutter wurde mir immer unheimlicher. Der Junge musste ja eine Schlangenphobie entwickelt haben, wenn er mit solchen Geschichten aufgewachsen war.

„Sind Anakondas denn nicht gefährliche Schlangen? Warum hat sich dieser Geist ausgerechnet so ein Tier als Behausung auserwählt?“

Mayumi schüttelte den Kopf. „Oh nein, Anakondas sind nicht wirklich gefährlich. Sie sind nicht giftig, Anakondas sind Würgeschlangen. Brenzlig wird es nur, wenn du alleine unterwegs bist, die Schlange dich umschlungen hat und du keine Waffe dabeihast, mit der du dich von ihr befreien kannst. Glaub mir, weder vor der Anakonda noch vor Sachamama hat hier in Peru jemand Angst. Da ist der schöne Flussdelfin schon eine andere Nummer."

„Oh Mann, da lobe ich mir doch unseren Hauskater Franz. Der ist sowas von harmlos, der kriegt nicht mal eine Maus und ein Geist wohnt auch nicht in ihm. Um ehrlich zu sein, scheint er mir sogar meist ziemlich geistlos zu sein."

Wir lachten beide, schaukelten im gleichen Rhythmus in unseren Hängematten und genossen den lauen Fahrtwind. Irgendwann musste ich wieder eingeschlafen sein. Ich erwachte, weil mich jemand an der Schulter berührte.

„Louisa, aufwachen! Du hast das Mittagessen verpasst. Unser Ausflug geht gleich los." Jonas stand vor mir und lächelte auf mich hinab.

Schuldbewusst fuhr ich auf. „Ach du meine Güte. Wartet auf mich, ich hole nur schnell meine Sachen aus der Kabine."

Pedro hatte uns gesagt, dass wir diesmal Badezeug mitnehmen sollten, ich hatte mir schon alles aufs Bett zurechtgelegt. Wie hatte ich nur so lange schlafen können? Ich sah auf die Hängematte neben mir. Sie schaukelte noch sanft in der Fahrtbrise. Aber Mayumi war verschwunden.

***

Die Hitze hing wie eine dumpfe Glocke über dem Urwald und der Schweiß lief mir den Rücken hinunter. Obwohl der Himmel bedeckt war, lag die Temperatur bei weit über 30 Grad. Unser kleines Boot tuckerte durch einen Seitenkanal des Marañón, als plötzlich ein Rauschen durch das Blätterdach der Urwaldbäumen ging – gefolgt von einem lauten Kreischen. Der Bootsführer stoppte den Motor und wir glitten leise am Flussufer entlang. Alles war wieder still. Da sah ich, wie eine Liane sich von einem Baum zum nächsten schwang und etwas Großes, Braunes daran hin.

„Da! Pedro, hast du das gesehen?" Ich zeigte in die Richtung, in der ich das Tier ausgemacht hatte und jetzt hatten auch die anderen etwas bemerkt. Eine Horde Affen turnte durch den Urwald. Sie versteckten sich hinter dichtem Blattwerk, lugten durch die Zweige zu uns hinab und stießen gellende Rufe aus. Mir schien, dass sich die ganze Bande bestens über uns amüsierte und mindestens soviel Spaß an der Begegnung hatte wie wir.

Wenig später glitt unser Boot an einem kleinen Dorf vorbei. Die Kinder, die vor den Pfahlhütten gespielt hatten, kamen herbeigelaufen, stellten sich wie die Orgelpfeifen am Flussufer auf und winkten. Wir fuhren näher heran und entdeckten einen jungen Mann, der bis zu den Knien im Wasser stand und mit einem langen Seil hantierte. Einem Seil? „Hey! Hast du etwa eine

Anakonda gefangen?“, rief Pedro zu ihm hinüber. Der Dorfbewohner nickte und strahlte übers ganze Gesicht. Stolz reckte er die Schlange in die Höhe, die bestimmt zwei Meter lang und armdick war.

„Ein hübsches Exemplar!“, lobte Pedro. Er blickte auf seine Gruppe und schien zu überlegen. Dann wandte er sich wieder dem Mann zu. „Vielleicht kannst du noch eine Stunde warten, bis du sie wieder ins Wasser wirfst? Wir wollen gleich hier um die Ecke schwimmen gehen!“

„Mein Gott“, Debby aus Kanada verzog das Gesicht. Das lehmig-gelbe Flusswasser verhinderte, dass man sah, was alles unter der Oberfläche unterwegs war. Und die Vorstellung, von einer zwei Meter langen Anakonda beim Schwimmen umschlungen zu werden, war schon etwas beängstigend. Doch als wir fünfzehn Minuten später an einem kleinen Strand hielten und Pedro vorschlug, dass wir nun schwimmen könnten, trauten sich doch die meisten. Wer wollte sich schon die einmalige Gelegenheit entgehen lassen, einmal in einem Nebenfluss des Amazonas zu schwimmen? Pedro verteilte Rettungswesten und bald plantschten wir vergnügt im trüben Flusswasser. Ich ließ mich treiben, genoss die Kühle des Flusses und fühlte mich eins mit der Natur.

Ob ich wohl selbst ein Kind des Regenwaldes war? Ich konnte nicht verleugnen, dass ich mich hier zu

Hause fühlte. Versonnen blickte ich um mich. Und sah für einen kurzen Moment eine rosa Flosse neben mir auftauchen. Vor Schreck schluckte ich erstmal eine Ladung Flusswasser. Das war eindeutig einer der rosa Flussdelfine, die hier leben sollten, die wir bisher aber noch nicht zu sehen bekommen hatten. Jetzt tauchte der Delfin auf meiner anderen Seite auf und zeigte sich etwas länger. Ich hielt den Atem an und dachte an die Legende, die Mayumi mir erzählt hatte. *Nimm dich in Acht vor den Flussdelfinen. Manchmal entführen sie ihre Geliebten für immer in ihr Refugium.*

Zum Abschied sprang der Delfin aus dem Wasser. Es war ein großes, schönes Tier. Dann blieb er verschwunden.

„Louisa! Komm zurück! Du solltest dich nicht so weit vom Boot entfernen“, hörte ich Pedro rufen. Ich blickte mich noch einmal um, doch die Oberfläche des Flusses war nun wieder spiegelglatt. Dann winkte ich Pedro zu und schwamm zu den anderen.

Zurück auf der *Amazon Queen* konnte ich das Abendessen kaum erwarten. Zum einen hatte ich einen Riesenhunger, weil ich kein Mittagessen gehabt hatte, zum anderen freute ich mich auf Juan und Mayumi. Ich musste ihnen unbedingt von meinen Erlebnissen des Tages erzählen und außerdem wollte ich sie noch ein wenig über ihr Leben in Iquitos ausfragen. Ich brannte darauf, zu erfahren wie ihre Liebesgeschichte begonnen hatte und wie sie es geschafft hatten, sich über alle Standesunterschiede hinwegzusetzen.

Als ich das Bordrestaurant betrat, saßen die beiden schon an unserem gemeinsamen Stammplatz und blicken mir lächelnd entgegen.

„Louisa! Wir haben auf dich gewartet. Wir sind total gespannt auf deine Abenteuer des Tages. Wirst du uns von ihnen berichten?“

„Okay abgemacht. Aber dafür verlange ich eine Gegenleistung. Ihr sagt mir, wie ihr euch kennengelernt habt.“

Und so begann Mayumi zu erzählen.

Erste Liebe

Mayumi, Iquitos 1984

Ihre Eltern hatten sich mal wieder gestritten. Das Übliche. Ihr Vater würde zu viel trinken, habe nie Zeit und sei ohnehin eine einzige Enttäuschung. Wenn Mayumis Mutter einmal mit dem Nörgeln loslegte, hörte sie so schnell nicht wieder auf. So war es auch heute beim Frühstück gewesen. Irgendwann hatte Mayumis Vater die Tageszeitung entnervt beiseitegelegt, den letzten Schluck Kaffee aus seiner Tasse getrunken und war wortlos aufgestanden und weggefahren.

Seine Frau Silvia hatte noch eine Weile vor sich hin geschimpft und hatte dann ebenfalls den Raum verlassen. Mit Mayumi hatte überhaupt niemand geredet. Die Zwölfjährige kannte es fast nicht anders. Ihre Eltern hatten erst spät ein Kind bekommen, zu einer Zeit, als niemand mehr damit gerechnet hatte. Silvia, einst eine Schönheit mit den besten Chancen auf eine gute Partie, stammte aus Madrid. Sie hatte ihren Mann Jeremy kennengelernt, als dieser sich auf einer Europareise befand und einige Städte in Spanien besucht hatte. Freunde hatten sie auf einer Party miteinander bekannt gemacht und als Silvia erfahren hatte, dass Jeremy der Sohn eines reichen

Kautschukbarons aus Peru war, sah sie sich bereits als Herrscherin über eine ganze Schar von Dienstboten in einem palastähnlichen Haus residieren. Ihr Jagdfieber war erwacht und Jeremy fiel ihren Verführungskünsten zum Opfer wie ein williges Lamm. Jeremy verlängerte seinen Aufenthalt in Spanien und kehrte ein halbes Jahr später mit einer Braut an seiner Seite nach Iquitos zurück.

Der Schock für Silvia war groß, als sie erkannte, dass ihr neues Zuhause zwar mal ein Palast gewesen war, inzwischen aber deutliche Zeichen der Verwahrlosung trug. Ihr Schwiegervater Carlos hatte einst tatsächlich zu den reichsten Kautschukbaronen der Stadt gehört, doch nachdem der Kautschuk nun viel billiger in Malaysia hergestellt wurde, war sein Stern gesunken. Carlos war ein Despot wie er im Buche stand. Er starb drei Jahre nachdem Silvia und Jeremy geheiratet hatten. Zwar gehörten die Lopez immer noch zu den vermögendsten Familien von Iquitos, weil Carlos sein Geld in vorausschauender Weise in Aktien und Immobilien angelegt hatte, doch statt einer ganzen Schar von Hausangestellten gab es nun nur noch eine Haushälterin und einen älteren Mann, der sich um den riesigen Garten kümmerte.

Jeremy erwies sich als Nichtsnutz, der nie gelernt hatte, ein erfolgreiches Geschäft zu führen. Silvia wusste nicht einmal, was ihr Mann trieb, wenn er morgens ins Büro fuhr und manchmal erst spät nachts zurückkam. Sie verachtete ihn inzwischen abgrundtief. Im Alter von 40 Jahren war Silvia schwanger geworden. Sie gebar ein Mädchen, das blind war. Eine weitere Enttäuschung im Leben der beiden. Weder Silvia noch Jeremy kümmerten sich besonders um die kleine Mayumi. Wäre da nicht die Haushälterin Daphne gewesen, die das Mädchen wie eine eigene Tochter liebte und sich ihrer annahm, dann wäre Mayumi wahrscheinlich schon als Baby gestorben – aus Mangel an Zuwendung.

Auch jetzt dauerte es nicht lange, dass Mayumi alleine im Esszimmer saß. Kaum war ihre Mutter hinausgerauscht, kam Daphne herein, schloss Mayumi in die Arme und drückte ihr einen Kuss auf die dunklen Locken.

„Na, mein kleines Mädchen, was fangen wir mit diesem wunderschönen Tag heute an?“

Mayumi strahlte. „Wir fahren zum Amazonas und suchen den rosa Flussdelfin. Den, der seine Gestalt ändern kann.“ Seitdem Daphne ihr die Legende vom Flussdelfin erzählt hatte, wollte sie ihn unbedingt kennenlernen. Wer weiß, vielleicht würde er sie mitnehmen in seine geheimnisvolle Unterwasserwelt mit all den Fischen, den Wasserpflanzen und natürlich den Nixen. Und vielleicht könnte sie in seiner Welt sogar sehen. Wer wusste das schon? Einen Versuch wäre es doch auf alle Fälle wert.

Daphne seufzte. „Ich glaube, ich hätte dir diese Geschichte gar nicht erzählen sollen. Jetzt gibst du keine Ruhe mehr, bis wir diesen Flussdelfin finden. Und dann? Stell dir vor, er nimmt dich mit. Was soll ich nur ohne dich anfangen? Und was soll ich deinen Eltern erzählen?"

„Die würde es doch sowieso nicht interessieren. Sie wären wahrscheinlich sogar froh, wenn sie mich los wären."

Daphne schwieg einen Moment. „Das darfst du nicht sagen, Mayumi. Deine Eltern lieben dich. Sie können es einfach nur nicht so gut zeigen."

„Ha! Das glaubst du doch selber nicht. Aber was soll's. Zum Glück habe ich ja dich und du darfst mich nie verlassen, Daphne."

Mayumi reckte der Haushälterin ihre dünnen Arme entgegen und forderte eine weitere Umarmung. Daphne drückte das Kind an sich und schloss die Augen. Es war eine Schande, dass sich ihre Dienstherren so wenig um ihre Tochter kümmerten. Es grenzte schon an ein Wunder, dass das Mädchen trotz seiner Blindheit und der Kaltherzigkeit der Eltern so ein fröhliches Wesen hatte.

„Was hältst du davon: Wir setzen uns in den Garten und ich nehme das Silberbesteck, das ich noch putzen muss, mit hinaus. Eventuell fällt mir ja noch eine kleine Geschichte über die Geister des Regenwaldes ein. Was meinst du?“

„Au ja! Geistergeschichten mag ich besonders!“ Mayumi sprang vom Stuhl auf und griff nach Daphnes Hand. „Komm, lass uns nach draußen gehen.“

Daphne lachte. „Nicht so schnell Mayumi. Ich muss erst den Esstisch abräumen und das Silber holen. Geh doch schon mal voraus, wenn du magst.“

Das ließ das Mädchen sich nicht zweimal sagen. Sie war zwar blind geboren, doch durch das fehlende Augenlicht hatten sich ihre anderen Sinne mehr entwickelt als bei anderen Menschen. Im Haus und im Garten fand sich Mayumi ohne fremde Hilfe bestens zurecht. Auch jetzt ging sie raschen Schrittes durchs Esszimmer und den Flur auf die Terrasse und weiter in den Garten, ohne ein einziges Mal irgendwo anzustoßen.

In Erwartung einer spannenden Geistergeschichte lief Mayumi zu ihrem Lieblingsplatz, an dem sie oft mit Daphne saß. Es war eine romantische, kleine Laube am Ende des Gartens. Mayumi liebte es, hier dem Gesang der Vögel zu lauschen. Oder das Aroma von Erde, Gras und Blumen einzuatmen. Düfte erzählten ihr ganz eigene Geschichten. Vor allem nach einem Regenguss schien es Mayumi, als explodierte ihre Umgebung in einem Feuerwerk an unterschiedlichen Gerüchen. Wenn sie im Haus war und hörte, dass der Regen aufhörte, lief sie jedes Mal hinaus, um den Garten zu riechen.

Auch jetzt saß sie still in der Laube, atmete die Düfte der Blumen ein und lauschte den Geräuschen um sich herum. Sie wusste, dass es noch eine Weile dauern würde, bis Daphne mit ihrer Arbeit im Haus fertig war und sich zu ihr gesellte.

Ganz in ihrer Nähe hörte Mayumi einen Papagei krächzen. Sie lächelte, denn diesen Vogel kannte sie schon lange, er kam immer wieder in die Nähe der Laube geflogen, wenn sie dort saß. Dann aber hörte sie das Geräusch von Schritten, die sie noch nie zuvor wahrgenommen hatte.

Sie hatte damit gerechnet, dass sie Cesar, den Gärtner, treffen würde. Er war schon alt und hatte bereits unter ihrem Großvater für die Familie gearbeitet. Mittlerweile kam er nur noch zweimal in der Woche, um den Rasen zu mähen, Unkraut zu zupfen, die Büsche zu stutzen und Blumen zu schneiden. Seine Schritte waren langsam und schwer und wurden oftmals von einem leichten Ächzen begleitet. Diese Schritte jedoch waren leicht. Aber sie stammten trotzdem von einer männlichen Person, da war Mayumi sich sicher. Die Schritte waren federnd. Achtsam. So als würde der Besitzer dieser Beine aufpassen, dass er nicht aus Versehen auf einen Regenwurm oder eine Schnecke treten würde. Allein anhand dieser Eindrücke entstand ein Bild in Mayumis Kopf. Der Fremde in ihrem Garten musste jung sein. Und schlank. Und er kannte sich hier nicht aus.

„Wer bist du?“, rief sie laut in Richtung der Schritte.

Sofort verharrte der Fremde in seiner Bewegung. Er schien sogar den Atem anzuhalten. Es dauerte einen Moment, bis er antwortete. Offenbar hatte er sie nicht gesehen und war von ihrer Frage überrascht worden.

„Mein Name ist Juan. Ich bin der neue Gehilfe von Cesar, dem Gärtner. Es tut mir leid, wenn ich dich erschreckt habe.“

Diese Stimme. Wenn Mayumi später gefragt wurde, wann sie sich in Juan verliebt hatte, dann erinnerte sie sich an genau diesen Moment. Für einen blinden Menschen steht die Stimme für die Person. Von klein auf hatte Mayumi auf den Tonfall eines jeden Menschen geachtet, denn er verriet ihr viel über die Gefühle des Sprechenden. In Juans Stimme erkannte sie Mut, Ehrlichkeit und die Liebe zum Leben.

„Du hast mich nicht erschreckt. Ich habe dich viel eher bemerkt, als du mich“, rief sie fröhlich zurück.

Die Schritte kamen auf sie zu.

„Du bist Mayumi, nicht wahr?“, fragte Juan.

„Bingo. Was hast du über mich gehört? Dass ich die arme, blinde und bemitleidenswerte Tochter der reichen Familie Lopez bin?“

„Nein.“ Juan zögerte kurz. „Ich habe gehört, dass du wunderschön bist. Dass die Vögel in diesem Garten immer dann zu dieser Laube fliegen, wenn du darin bist, nur um dir nahe zu sein. Ich habe gehört, dass du zwar nicht mit deinen Augen sehen kannst, aber mit deinem Herzen.“

Mayumi schwieg verblüfft. Was hatte dieser fremde Junge da zu ihr gesagt? Mit einem Mal schlug ihr das Herz bis zum Halse. Leise antwortete sie: „Ja, ich bin Mayumi. Würdest du bitte näherkommen?“

Juan legte die letzten Schritte zu ihr zurück und stand nun vor ihr. Mayumi holte tief Luft und legte ihre kleinen Hände auf seine. Sie waren groß und warm und fühlten sich etwas rau an. Mayumi strich darüber und fühlte, dass sich ihr Eindruck von Juans Stimme durch die Berührung bestätigte.

„Meine Finger sind meine Augen“, sagte sie. „Du hast schöne Hände. Sie sind ehrlich und vertrauenswürdig. Wer hat dir diese Dinge von mir erzählt?“

Juan räusperte sich. „Jeder in Iquitos schwärmt von dir, Mayumi. Wenn du mit Daphne auf den Markt gehst und einen der Händler anlächelst, sind seine Nachbarn schon eifersüchtig. Und seitdem ich bei Meister Cesar in der Lehre bin, erzählt er ständig von dir – so, als wärst du eine Prinzessin. Und das bist du ja auch irgendwie.“

Mayumi lachte bitter auf. „Eine schöne Prinzessin bin ich. Meine Eltern hassen mich, ich bin ihnen nur eine Last. Vielleicht lebe ich hier in einem goldenen Käfig, aber ich kann ihn ja noch nicht einmal sehen. Ich bin vollkommen abhängig von anderen. Was für ein Leben ist das? Und was für eine Zukunft habe ich? Ich würde sofort mit dir tauschen, Juan."

Während sie sprach, hatte der Junge ihre Hände in seine genommen und streichelte sie sanft.

„Mayumi, bitte sei nicht traurig. Wäre ich doch nur ein berühmter Heiler und könnte dir dein Augenlicht zurückgeben, ich würde es sofort tun. Jeder muss sein Schicksal annehmen, wie es ist und versuchen, das Beste daraus zu machen. Dir wird es gelingen, da bin ich mir ganz sicher."

Mayumi lächelte. Juan gefiel ihr. Obwohl sie ihn erst vor fünf Minuten zum ersten Mal getroffen hatte, wurde sie das Gefühl nicht los, ihn schon ewig zu kennen.

„Wollen wir Freunde sein, Juan?"

Er drückte ihre Hände und sie hörte den Stolz in seiner Stimme, als er sagte: „Freunde für immer, Mayumi."

***

Juan sollte sein Versprechen halten. In den kommenden Jahren verbrachte er so viel Zeit wie möglich mit Mayumi. Während er mehr und mehr über die Kunst des Gärtnerns von seinem Meister lernte, verbrachte er auch zunehmend mehr Zeit im Garten der Lopez. Mayumi schien es schon zu ahnen, wenn Juan irgendwo im weitläufigen Anwesen der Familie beschäftigt war und tauchte wie von Zauberhand hinter ihm auf, um ihn zu überraschen. Fast immer hatte Juan ein kleines Geschenk für Mayumi mitgebracht – eine Blume, eine süße Mango, einen Gecko, den er für sie gefangen hatte, oder eine andere Gabe der Natur, die der Regenwald ihm geschenkt hatte.

Von Zeit zu Zeit allerdings verschwand Juan für ein paar Tage im Dschungel. „Der Junge hat ein paar Tage frei, aber er kommt wieder“, beruhigte sein Lehrmeister Mayumi dann. Und er hatte recht. Juan kam stets zurück – und doch war er dann ein anderer.

„Wo warst du, Juan?“, fragte Mayumi.

„Bei meiner Familie am Amazonas“, antwortete ihr Freund und seine düstere Laune ließ ihr Herz schwer werden.

Sie fühlte, dass etwas nicht in Ordnung war.

„Erzähl mir von deiner Familie“, forderte sie ihn auf.

„Ein anderes Mal“, antwortete Juan mit rauer Stimme und wandte sich ab.

„Bitte Juan. Was ist denn nur geschehen? Haben wir denn nicht gesagt, dass wir uns alles erzählen?“ Mayumi war verzweifelt. Es war nicht das erste Mal, dass Juan völlig deprimiert von seiner Familie aus dem Regenwald heimkehrte. Doch inzwischen hatte sie das Gefühl, dass es jedes Mal schlimmer wurde. Sie wusste genau, dass ihr Freund unter irgendeiner Sache litt, die mit seiner Familie zusammenhing. Und sie konnte nicht verstehen, dass er sich ihr nicht anvertraute. Hatte sie ihm denn nicht auch all ihr Leid geschildert, dass sie wegen ihrer kaltherzigen Eltern und ihrer Blindheit ständig ertragen musste?

Sie hatten sich wie fast immer in ihrem Versteck, der Laube im Garten, getroffen. Es war ein milder Abend. Die Frösche quakten und die Dämmerung war längst hereingebrochen. Nicht mehr lange, und es würde stockdunkel draußen sein. Juan hatte sich abgewandt und sah zur erleuchteten Villa der Familie hinüber. Ihn trennten Lichtjahre von dieser Welt.

„Juan?"

„Mm?" Er sah Mayumi an, die mit unglücklichem Gesichtsausdruck direkt neben ihm stand.

„Du bist mein bester Freund. Bitte sprich mit mir."

„Aber das tue ich doch." Sein Herz wurde weit, als er Mayumi die Haare aus der Stirn strich und näher an sie herantrat. Plötzlich warf sich Mayumi mit einem Schluchzen an seinen Hals und drückte ihren zarten Körper an seinen.

„Ich wüsste nicht, was ich ohne dich täte, Juan", flüsterte Mayumi.

Während er ihr sanft über den Rücken strich, kam das Mädchen langsam wieder zur Ruhe. Doch dafür keimte ein anderes Gefühl in ihr auf. Sie spürte seine warme Haut an ihrer, atmete seinen vertrauten Geruch ein und etwas in ihrem Inneren begann zu prickeln. Ihr Herz klopfte schneller. Sie fühlte, dass er ihr seinen Kopf entgegen senkte und betete, dass er sie küssen würde. Doch kurz bevor seine Lippen die ihren berühren konnten, hielt Juan inne.

„Mayumi, was tun wir hier? Wenn wir erwischt werden, jagen sie mich weg und ich werde dich nie wiedersehen.“ Juans Stimme klang verzweifelt. Fühlte er genau wie sie? Mayumi wünschte sich nichts mehr als das.

„Hier ist niemand. Bitte küss mich Juan, ich wünsche es mir so sehr.“

Das ließ sich Juan nicht zweimal sagen. Er zog Mayumi noch enger an sich und ließ alle Gefühle, die er schon so lange für sie hegte, in einen langen Kuss einfließen. Er wusste, für ihn würde es nie eine andere geben.

***

Mayumi schlug ihr Heft zu und atmete auf. Die letzte Unterrichtsstunde des heutigen Tages war zu Ende. Sie wusste, dass Juan heute im Garten arbeiten würde und konnte es kaum abwarten, ihn zu sehen.

„Haben Sie noch Hausaufgaben für mich, Señor Andres?“

„Nein, Mayumi, dein Englischtest heute war eine glatte Eins. Ich wünschte, all meine Schüler wären so gut und fleißig wie du“, antwortete ihr Privatlehrer. Seit Jahren kam Señor Andres an fünf Tagen in der Woche ins Haus und unterrichtete sie. Mayumi wäre viel lieber in eine ganz normale Schule gegangen. Aber für ihre Eltern kam das aus zwei Gründen nicht in Frage. Zum einen sollte die Enkelin des berühmten Kautschukbarons Lopez nicht mit dem gewöhnlichen Volk die Schulbank drücken. Und zum anderen trauten sie es ihr auch nicht zu. Wie sollte sich eine Blinde in der rauen Wirklichkeit zurechtfinden?

Mayumi selbst hegte nicht die geringsten Zweifel daran, dass sie auch in einer ganz normalen Schulklasse klarkäme, aber gegen ihre verbohrten Eltern hatte sie noch nie eine Chance gehabt.

„Dann kann ich also jetzt gehen, Señor Andres?“

Der Lehrer hatte seine Unterlagen schon in seiner Tasche verstaut, doch er saß nach wie vor auf seinem Stuhl und sah Mayumi nachdenklich an.

„Natürlich. Nur einen Moment noch. Hast du eigentlich schon einmal darüber nachgedacht, was du mit deinem Leben anfangen willst? Du wirst im nächsten Jahr die Schule abschließen und ich bin mir völlig sicher, dass du die Abschlussprüfung mit Bestnoten bestehen wirst. Aber was kommt dann? Hast du schon einmal mit deinen Eltern darüber gesprochen?“

Mayumi schüttelte den Kopf. „Nein, noch nie. Ich war ja auch noch nie irgendwo anders als in Iquitos. Und ich kann nichts. Was sollte ich denn Ihrer Meinung nach tun?“

Der Lehrer runzelte die Stirn. Dieses begabte, intelligente und bildhübsche Mädchen in dieser Villa einzusperren, ging ihm seit Jahren gegen den Strich. Mehrfach hatte er versucht, mit den Eltern zu sprechen, sie zu überzeugen, dass Mayumi Kontakte zu Gleichaltrigen brauchte. Dass sie ein Recht auf ein gutes, selbstbestimmtes Leben hatte. Aber seine Argumente waren jedes Mal an der unerschütterlichen und kalten Fassade der Eheleute Lopez abgeprallt. Nachdem sie ihm bei seinem letzten Versuch damit gedroht hatten, ihn gegen einen anderen Privatlehrer auszutauschen, hatte er aufgegeben. Er brauchte den Job und die Lopez zahlten nicht schlecht.

Er lehnte sich in seinem Stuhl zurück und seufzte. „Ich finde, du solltest studieren, Mayumi. Du besitzt ein begnadetes Talent zum Schreiben. Ein Literaturstudium wäre perfekt für dich. Und das ist auch für Blinde heutzutage kein Problem mehr.“

„Ein Literaturstudium?“ Mayumi flüsterte fast. Tausend Gedanken tobten in ihrem Kopf. Sie liebte Geschichten, seitdem Daphne ihr als kleines Mädchen die Legenden vom Amazonas erzählt hatte. Sie verschlang sämtliche Bücher, die sie in Blindenschrift bekommen konnte. Und sie genoss es, selbst etwas zu schreiben, zu fabulieren, Begebenheiten, Eindrücke und Gefühle in Worte zu packen. Wie wäre es, Literatur zu studieren? Noch mehr über berühmte Schriftsteller zu erfahren, ihren eigenen Stil zu perfektionieren? Sie könnte mit Gleichgesinnten über Bücher diskutieren. Sie könnte vielleicht eine Freundin haben. Oder sogar mehrere. Ein ganz normales Leben. Sie könnte ihrem goldenen Käfig entfliehen. Mayumis Herz schlug schneller, als sie darüber nachdachte.

Doch dann kam ihr Juan in den Sinn. Was wäre mit ihm? Würde er sie begleiten?

Die Stimme ihres Privatlehrers durchbrach ihre Gedanken. „Vielleicht wäre es auch ganz gut, einmal hier herauszukommen, oder? In Lima gibt es die meisten Universitäten. Du könntest in einem Studentenheim wohnen und dich mit Gleichalterigen anfreunden. Hättest du Lust dazu?“

„Ob ich Lust dazu hätte?“ Mayumi lachte bitter auf. „Was glauben Sie? Natürlich hätte ich gerne Freunde in meinem Alter. Aber wahrscheinlich bin ich inzwischen schon so verschroben, dass die gar nichts mit mir anfangen könnten."

„Ach was. Du bist das netteste Mädchen, das ich kenne. Ich bin mir sicher, dass du sofort Freunde finden würdest. Was meinst du? Soll ich mal mit deinen Eltern reden?"

Andres hörte sich selbst genau das vorschlagen, was er sich eigentlich verkneifen wollte. Aber er konnte einfach nicht anders. Dieses junge Mädchen war viel zu schade dafür, hier zu versauern.

Mayumi dachte noch immer an Juan. Bestimmt würde er den Amazonas nicht verlassen wollen und mir ihr nach Lima gehen. Seine Familie lebte im Regenwald und er würde sie garantiert nie im Stich lassen. Aber ein Leben ohne Juan? – Das konnte Mayumi sich nicht vorstellen.

„Ich weiß nicht, Señor Andres. Darüber muss ich erstmal nachdenken. Geben Sie mir doch bitte ein paar Tage Zeit zum Überlegen."

„Na klar." Andres sprang auf und nahm seine Tasche. „Über seine Zukunft sollte man sich besser zu viel als zu wenig Gedanken machen. Sonst tun es am Ende noch andere für dich."

Mayumi schluckte. „Da mögen Sie recht haben. Ich wünsche Ihnen ein schönes Wochenende, Señor Andres."

„Das wünsche ich dir auch, Mayumi.“ Andres drückte kurz die Schulter des Mädchens und verließ dann das Zimmer.

Noch ein Jahr, dachte Mayumi. Und wie wird es dann aussehen, mein Leben?

In der Woche darauf sprach der Lehrer sie noch einmal darauf an, ob sie sich inzwischen Gedanken über ein Studium gemacht hatte. Mayumi verneinte und vertröstete ihn erneut. In Wirklichkeit jedoch hatte sie fast an nichts anderes denken können. Und sie hatte sogar bei Juan vorgefühlt, ob er sich ein Leben in Lima vorstellen könnte.

„Lima?“, hatte er entgeistert wiederholt und dann angefangen zu lachen. „Nein, Mayumi, das könnte ich mir nicht vorstellen. Ich glaube, da sind mir viel zu viele Menschen, Häuser und Autos. Mein Leben ist hier in Iquitos und im Regenwald. Aber wie kommst du denn darauf?“

„Ach, nur so“, hatte Mayumi geantwortet und rasch etwas anderes erzählt. Sie hatte sich ja gleich gedacht, dass Juan niemals mitkommen würde. Und ohne ihn würde sie hier nicht fortgehen. Punkt.

Als Señor Andres an diesem Tag das Haus der Lopez verlassen wollte, traf er an der Haustür zufällig auf Mayumis Mutter, die von draußen hereinkam.

„Ah, wie schön Sie zu sehen, Señora Lopez“, begrüße Andres sie. „Hätten Sie vielleicht Zeit für ein kurzes Gespräch?“

Mayumi, die über den Flur in ihr Zimmer gehen wollte, verharrte in der Bewegung und spitzte die Ohren.

„Was gibt es denn, Señor Lopez? Ich hoffe, keinen Ärger mit meiner Tochter?“ Silvia Lopez Stimme klang kühl und herablassend. Mayumi ließ die Schultern sinken. Wie sehr wünschte sie sich, dass ihre Mutter einmal durchblicken ließe, dass sie so etwas wie Zuneigung für ihre Tochter empfinden würde. Aber das würde wohl nie passieren.

„Ärger?“ Señor Andres lachte verwundert auf. „Nein, auf gar keinen Fall. Mayumi ist eine durch und durch vorbildliche Schülerin. Noch ein Jahr und sie ist fertig mit der Schule. Falls Sie und Ihr Mann noch überlegen, welchen Weg Mayumi nach der Schule einschlagen wird, erlaube ich mir, eine kleine Empfehlung auszusprechen.“

Silvia zog die Augenbrauen hoch. „So, eine Empfehlung. Und wie sollte die aussehen?“

„Mayumi besitzt ein außergewöhnliches Sprachempfinden. Ihr Stil, ihre Ausdrucksfähigkeit und auch ihr Talent fürs Geschichtenerzählen sind hervorragend. Deswegen würde ich ein Studium der Literatur empfehlen.“

Andres letzter Satz schwebte in der Luft, gefolgt von Stille. Mayumi hielt die Luft an. Wie würde ihre Mutter reagieren?

Im Gegensatz zu ihrer sonstigen Zurückhaltung prustete Silvia los. „Ein Studium der Literatur? Zu was in Dreiteufelsnamen sollte das gut sein? Das Mädchen ist blind. Sie wird nie einen Beruf erlernen. Und das braucht sie auch gar nicht, weil die Lopez hier immer noch zu den reichsten Familien der Stadt zählen.“ Silvia gackerte vor sich hin. Señor Andres hätte sich am liebsten die Ohren zugehalten. Aber Silvia war noch nicht fertig.

„Selbstverständlich sind wir zufrieden mit ihrer Arbeit, Señor Andres. Und froh, dass Mayumi nicht auch noch dumm ist. Zum Glück sieht sie recht hübsch aus, deswegen sollte es mir gelingen einen geeigneten Mann für sie zu finden.“

Andres hätte ihr am liebsten vorgehalten, dass die Zeiten, in denen Frauen zugunsten einer Heirat auf einen Beruf verzichteten, in den meisten Ländern dieser Welt inzwischen vorbei waren. Aber er entschied, dass sich jedes weitere Wort bei dieser Frau einfach nicht lohnte.

„Wie Sie meinen, Señora Lopez. Ich habe es nur gut gemeint. Bitte entschuldigen Sie mich nun, ich habe noch einen Termin.“

Mayumi stand noch immer lautlos im Flur und hörte, wie die Tür hinter ihrem Lehrer ins Schloss fiel. Fassungslos vor Wut hatte sie die Worte ihrer Mutter mit angehört. Einen Teufel würde sie tun, sich den Wünschen dieser Frau zu beugen, die den Titel Mutter in keiner Weise verdient hatte. Sollte sie es wagen, sie an irgendwelche reichen Peruaner zu verschachern, würde sie bei Nacht und Nebel hier verschwinden. Und nie zurückkehren.

Die Schamanin

Peru, Regenwald, 1989

Juan saß im Motorboot seines Freundes Alwin und blickte schweigend auf den Marañón. Er dachte an Mayumi und wie schwer es ihm gefallen war, sich von ihr zu verabschieden – auch wenn es nur für drei Tage war, die er bei seiner Mutter und seinen Geschwistern verbringen wollte. Seitdem er bei Cesar arbeitete, wohnte er in einem klitzekleinen Zimmer seines Lehrherren in Iquitos und besuchte seine Familie nur noch ab und an mal. Das lag zum einen daran, dass er selten frei hatte, zum anderen aber auch daran, dass seine Mutter ihm ständig in den Ohren lag, nicht mehr bei den Lopez zu arbeiten. Sie hasste die Familie und hatte Juan mehr als einmal die Geschichte ihres Großvaters erzählt, die auf so schicksalhafte Weise mit Mayumis Großvater verknüpft war. Doch was konnte sie dafür? Mayumi war zu jener Zeit, als das Unglück über seine Familie hereingebrochen war, noch nicht einmal auf der Welt gewesen.

Juan holte tief Luft. Seine Mutter war einfach engstirnig und verbohrt. Als hochangesehene Schamanin eines recht großen Gebietes war sie es zudem gewohnt, dass man auf ihr Wort hörte und ihre Ratschläge befolgte. Dass nun ausgerechnet ihr jüngster Sohn all ihre Warnungen in den Wind schlug, passte ihr überhaupt nicht. Wenn das so weiterging, würde er den

Kontakt für einige Zeit abbrechen, überlegte Juan missmutig. So sehr er seine Familie auch schätzte, er würde sich seine Freundschaft zu Mayumi auf gar keinen Fall verbieten lassen. Als er an das Mädchen aus Iquitos dachte, erhellte sich seine Miene.

Schon vom ersten Augenblick an war er dem Charme Mayumis erlegen gewesen. Ihre Schönheit und natürliche Anmut faszinierten ihn. Aber mehr noch liebte er Mayumis freundliches Wesen, ihre Neugierde dem Leben gegenüber. Obwohl sie es mit ihren schrecklichen Eltern und ihrer Blindheit bestimmt nicht leicht hatte, beklagte sie sich so gut wie nie. Im Gegenteil. Manchmal war er es, der wegen irgendetwas deprimiert war und mit sorgenvollen Gedanken zu ihr kam. Dann dauerte es nicht lange, dass ihre unbekümmerte Art und ihr helles Lachen ihn wieder aufmunterten.

„Was grinst du so, Juan? Denkst du an deine schöne, blinde Prinzessin?“

Sein Kumpel Miguel hatte ihn beobachtet und blickte ihn spöttisch an. Juan hatte einmal den Fehler begangen, ihm von Mayumi zu erzählen. Seitdem musste er sich allerlei dumme Sprüche von seinem Freund aus Kindertagen anhören.

„Quatsch. Ich habe an was ganz anderes gedacht.“

„Tatsächlich? An was denn?“

Juan schwieg einen Moment. „Daran, dass ich gleich zu Hause bin und meine Familie sehe."

Miguel lachte. „Das glaubst du doch selber nicht. Mir kannst du nichts vormachen. Du fährst nur noch aus Pflichtgefühl nach Hause. Ich kann's ja auch verstehen. In Iquitos ist echt mehr los als in unserem Kaff. Da sind ja sowieso fast nur noch Alte und Kinder."

Miguel pendelte selbst zwischen Iquitos und seinem Heimatdorf hin und her. Aber seine Mutter machte ihm wenigstens nicht ständig Vorhaltungen.

„Ja, das stimmt. Aber es ist doch trotzdem unser Zuhause. Und im Regenwald ist es auch nicht so laut und dreckig und voll wie in Iquitos."

„Na dann bleib doch im Regenwald und leg dir da einen schönen, gepflegten Garten an, wie du es bei Cesar gelernt hast."

Miguel lachte gackernd, Juan verdrehte die Augen.

„Ganz bestimmt. Du redest heute mal wieder nur Müll."

„Von wegen Müll. Du willst bloß die Wahrheit nicht hören. Und mit deiner Prinzessin habe ich auf jeden Fall recht. Man sieht doch, dass du total verknallt in sie bist. Und das ist einfach bescheuert, Juan."

Juan spürte, wie die Wut in ihm hochstieg. „Halt den Mund, das geht dich überhaupt nichts an."

Miguel hatte aufgehört zu grinsen. „Ich bin aber dein Freund, Juan. Und ich will nicht, dass du unglücklich wirst. Mayumi ist die Tochter deiner reichen Arbeitgeber. Du wirst nie eine Chance bei ihr haben. Du solltest dir eine Freundin in Iquitos suchen, die wie du Indio ist. Ich wüsste so einige Mädchen, die scharf auf dich sind."

Juan seufzte erleichtert, als er sein Dorf am Flussufer auftauchen sah. Er hatte keine Lust, sich das Gerede von Miguel weiter anzuhören. Was wusste der schon von seiner Beziehung zu Mayumi? Sie war etwas Besonderes, etwas, dass Miguel gar nicht verstehen würde. Mayumis Gesicht war das Erste, woran er morgens dachte, wenn er erwachte und das Letzte, wenn er abends einschlief. In den Jahren, die er nun für Cesar bei der Familie Lopez arbeitete, hatte er Mayumi vom Kind zur Frau heranwachsen sehen, und es stimmte, dass er sich inzwischen noch ganz anders zu ihr hingezogen fühlte. Seitdem sie sich kürzlich zum ersten Mal geküsst hatten, war es besonders schlimm. Er hatte sich schon ein paar Mal zusammenreißen müssen, um sie nicht in die Arme zu nehmen und ihren Körper zu streicheln. Aber das traute er sich nicht. Was, wenn sie ihn zurückweisen und er ihre Freundschaft verlieren würde? Das wäre das Schlimmste, das ihm im Leben passieren könnte. Deswegen musste er sich einfach beherrschen. Sich eine Freundin in Iquitos zu suchen, so wie Miguel es ihm immer wieder vorschlug, kam überhaupt nicht in Frage. Sein Herz gehörte Mayumi.

Miguel drosselte den Motor und steuerte das Boot auf das Ufer zu. Dann blickte er seinen Freund noch einmal kopfschüttelnd an. „Überleg es dir, Juan. Lass uns zusammen weggehen, wenn wir am Sonntag zurück nach Iquitos fahren. Ich kenne ein paar nette Mädchen, die ich dir gerne vorstelle. Das wird ein guter Abend, du wirst schon sehen.“

„Vielleicht, Miguel. Jetzt schaue ich erstmal, was meine Mutter und meine Geschwister so machen. Bis Sonntag dann.“

Nachdem Juan gemeinsam mit seinen Geschwistern gegessen und mit seinen kleinen Nichten und Neffen gespielt hatte, waren irgendwann alle in ihre eigenen Hütten zurückgekehrt und er blieb mit seiner Mutter zurück. Sie musterte ihn schweigend über einen Becher Kräutertee hinweg. Allein ihrem Blick zu begegnen, ließ ein ungutes Gefühl in Juan aufsteigen.

„Du hast also nicht auf mich gehört. Du arbeitest nach wie vor bei dieser Familie“, stellte Eliana fest.

Juan schluckte. „Ja, das tue ich. Ich verdiene dort mein Geld. Ich pflege den Garten und verrichte die Arbeit, die Cesar mir aufträgt. Er wird sich bald zur Ruhe setzen. Dann kann ich seine Aufträge übernehmen und mehr Geld verdienen.“

Juan hoffte, dass diese Neuigkeit die Laune seiner Mutter bessern würde. Doch ein Blick in ihr Gesicht verriet ihm weiterhin nichts Gutes. Also fuhr er fort: „Mit der Familie habe ich so gut wie nie etwas zu tun. Und ich wüsste nicht, was falsch daran sein sollte, für die Lopez‘ zu arbeiten.“

Eliana schnaubte. „Du findest also nichts dabei, für Leute zu arbeiten, die deinen eigenen Urgroßvater auf dem Gewissen haben?“

„Mutter, wie lange willst du noch deinen Hass schüren und über Geschehnisse klagen, die sich sogar weit vor deiner Geburt ereignet haben? Irgendwann muss man auch mal vergessen und vergeben können.“

Elianas Augen verengten sich zu schmalen Schlitzen. „Da irrst du dich, mein Sohn. Es gibt Dinge, die kann man nicht vergeben. Carlos Lopez hat seinen Reichtum auf dem Blut unserer Familie aufgebaut. Er hat meinen Großvater in Ketten legen lassen, ausgepeitscht, fast verhungern lassen, während er den Kautschuk für ihn ernten musste. Er hat sich kistenweise Champagner aus Frankreich schicken lassen, unermesslichen Reichtum angehäuft, glanzvolle Feste gefeiert. Auf Kosten von uns Indios. Mein Großvater starb qualvoll als Sklave dieses Mannes. Wir haben noch nicht einmal seine Leiche zurückbekommen. Wie kannst du dich nun bei den Nachkommen dieses Teufels verdingen?“

Juan verdrehte die Augen. „Bitte, Mutter. Natürlich ist es schrecklich, was damals geschehen ist. Aber Señor Lopez ist tot. Und seine Nachkommen können doch nichts für seine Taten."

„In ihnen fließt das Blut des Teufels. Mein Vater, der wegen dieser Familie ohne seinen Vater aufwachsen musste, hat sie verflucht. Er war ein mächtiger Schamane und er kannte starke Zauber. Schon als kleines Mädchen habe ich zugesehen, wie er die Rituale Jahr um Jahr wiederholt hat, um den Fluch aufrechtzuerhalten. Und ich habe sehr genau hingesehen."

Juan stutzte. „Was soll das heißen, du hast genau hingesehen? Heißt das, du hast sein Ritual später fortgeführt?"

„Natürlich." Eliana lächelte spöttisch. „Was denkst du, warum Señor Lopez einen qualvollen Tod starb, als er an seinem Essen erstickte? Warum aus dem Sohn ein Trunkenbold und Versager geworden ist? Und warum die Tochter blind geboren wurde? Und es wird genauso weitergehen mit den Schicksalsschlägen, bis die Lopez von dieser Erde verschwunden sind."

Juan riss die Augen auf. Er wusste, dass seine Mutter unter den Indios einen legendären Ruf als Heilerin besaß. Aber auch als eine Frau, die mit den Geistern kommunizierte. Als eine Frau, die die Macht besaß, großen Schaden anzurichten. „Mutter, du musst damit aufhören. Als Schamanin solltest du den Menschen helfen und sie nicht vernichten."

„Natürlich helfe ich unserem Volk, das habe ich immer getan. Ich heile ihre Krankheiten, bringe Babys auf die Welt, schiene gebrochene Knochen. Aber ich kenne auch anderen Zauber. Sehr mächtigen Zauber. Diese Familie wird dafür büßen, was sie uns angetan hat."

Juan stand auf, sein Herz krampfte sich zusammen. Er liebte seine Mutter, seine Geschwister, die anderen Dorfbewohner. Aber er wusste, dass er nicht länger hierbleiben konnte. Er würde bei Miguel übernachten und gleich morgen früh nach Iquitos zurückkehren. Für immer.

Juan sah seine Mutter ein letztes Mal an und zuckte mit den Schultern. Er wusste, dass es zwecklos war, sie zu bitten, den Fluch zurückzunehmen. Sie war gefangen in ihrer eigenen Welt.

„Es tut mir leid. Ich gehe zurück nach Iquitos. Leb wohl, Mutter", sagte er.

Eliana sah ihren Sohn ungläubig an. „Du kehrst zurück zu den Teufeln? Du verleugnest deine eigene Familie?"

Juan schüttelte unglücklich den Kopf. „Mit dir kann man nicht reden", antwortete er leise und wandte sich zum Gehen.

„Juan. Komm sofort zurück. Du wirst mir gehorchen, ich bin deine Mutter“, schrie Eliana, doch Juan hatte die kleine Hütte bereits verlassen.

Elianas Herz bebte. Während ihr Sohn in der Schwärze des Regenwalds verschwand, empfand sie eine leise Vorahnung, dass er selbst dem Untergang geweiht war, den sie herbeigeführt hatte. Eliana begann zu weinen.

Stimmen der Vergangenheit

Peru, Regenwald, 2018

Ich erwachte mit einem Schrei auf den Lippen. Mein Herz hämmerte wie wild und verzweifelt suchte ich im Stockdunklen nach dem Lichtschalter. Als ich ihn endlich gefunden hatte und die Nachttischlampe aufleuchtete, atmete ich erleichtert auf. Es war zwei Uhr nachts und ich war klatschnass geschwitzt. Schon wieder dieser Traum. Seitdem ich sieben Jahre alt war, verfolgte er mich. In den vergangenen Jahren war er seltener aufgetaucht, doch heute Nacht war er so intensiv gewesen wie nie zuvor.

Ich nahm einen Schluck aus meiner Wasserflasche und schloss kurz die Augen. Jede einzelne Szene des Traums stand mir noch lebhaft vor Augen und das war kein Wunder. Ich hatte die Geschehnisse des Traums schließlich selbst erlebt und sie hatten mein Leben verändert.

Ich war sieben Jahre alt. Der Schulunterricht war zu Ende und ich fuhr mit meinem Kinderfahrrad nach Hause. Gerade als ich hinter der Lindenstraße rechts abbiegen wollte, sprang mir Malte in den Weg. Seit dem ersten Schuljahr hatte er es auf mich abgesehen. Bei jeder sich bietenden Gelegenheit rief er ‚Ausländermädchen, Ausländermädchen,

Ausländermädchen', wenn er mich sah. Und alle anderen Kinder drehten sich nach mir um.

Diesmal hatte er sich etwas Neues ausgedacht. Er riss an meinem Lenker, so dass ich ins Straucheln geriet und mitsamt Fahrrad auf die Straße fiel. Autsch! Ich rieb mir das Bein, sah hoch und guckte geradewegs in sein feixendes Gesicht.

„Hallo Ausländermädchen."

„Lass mich in Ruhe, du Schwachkopf."

„Mein Vater hat mir erzählt, dass deine Eltern dich verschenkt haben." Er lachte. „Was hast du angestellt, dass sie dich weggegeben haben?"

Ich lag immer noch auf der Erde und starrte ihn an. „Du bist ein Idiot. Meine Eltern haben mich nicht verschenkt."

„Doch natürlich. Ich meine die aus dem anderen Land. Deswegen haben deine neuen Eltern dich genommen."

Ich zeigte ihm einen Vogel.

„Was hast du eigentlich angestellt, dass deine richtigen Eltern dich fortgegeben haben?"

Malte schaute mich fragend an. Er schien aufrichtig neugierig zu sein. Als ich nicht antwortete, begann er wieder zu kichern.

„Ist ja auch egal. Aber weißt du was? Deine jetzigen Eltern werden dich auch wieder weggeben. Schon bald. Da bin ich mir hundertprozentig sicher. So eine wie dich will man einfach nicht behalten."

Das reichte. Ich sprang auf und schlug Malte noch im Hochkommen meine Faust ins Gesicht. Ein Schwall Blut ergoss sich aus seiner Nase. Überrumpelt wich das Frettchen zurück und hielt sich die Hände vors Gesicht.
„Das wirst du büßen“, nuschelte er.
Mit einer gewissen Genugtuung registrierte ich, dass sich Tränen in seinen Augen sammelten. Aber das genügte mir nicht. Ich ging auf ihn los, bearbeitet ihn mit Fäusten, biss ihn in den Arm und trat mit dem Fuß nach ihm. Erst als er wie ein kleines Häufchen Elend vor mir lag und wimmernd seinen Kopf mit den Händen schützte, ließ ich von ihm ab. Ich nahm mein Fahrrad, schob es nach Hause und sah mich nicht mehr um.
Malte hatte ich es so richtig gegeben, das stand fest. Aber er mir auch. Ich vergaß seine Worte niemals. Von diesem Tag an lebte ich in ständiger Angst, dass meine Eltern mich weggeben könnten. Ich versuchte, das liebste Kind der Welt zu sein. Ich schrieb Bestnoten in der Schule. Ich durchlief die Pubertät ohne die üblichen Scherereien, die Kinder ihren Eltern meistens bereiten. Und obwohl mir meine Eltern niemals das Gefühl gaben, mich nicht zu lieben, fürchtete ich mich davor, dass Malte Recht behalten könnte.
Ich dachte oft darüber nach, ob Maltes Vater wirklich so etwas Abscheuliches zu ihm gesagt haben konnte, oder ob er sich das alles nur ausgedacht hatte. Aber

rationales Denken half mir einfach nicht. Selbst als ich älter wurde, hatte ich ständig mit dieser Verlustangst zu kämpfen. Und sie betraf nun nicht mehr nur meine Eltern. Wegen ihr hatte ich nie eine ‚beste Freundin', der man alles erzählt. Sie hätte mich ja auch verlassen können. Also legte ich mir lieber einen ganzen Schwung von Freundinnen zu, die jedoch bestenfalls Bekannte waren.

Was Männer betraf, hatte ich erst recht Angst davor, mich in einen zu verlieben und dann sitzen gelassen zu werden. „Du hast eben noch nicht den Richtigen getroffen", sagte meine Mutter immer, wenn das Gespräch darauf kam, dass ich noch keinen Freund hatte. Ich lächelte dann still in mich hinein. Wie sollte man den Richtigen treffen, wenn man sich bewusst nur Typen aussuchte, die einen nicht interessierten und bei denen es egal war, wenn sie wieder von der Bildfläche verschwanden?

Ein Gefühl wie bei Ramon hatte ich noch bei keinem dieser Männer gehabt. Seit unserem Kennenlernen musste ich oft an ihn denken. Ich fühlte mich unwiderstehlich zu ihm hingezogen. Was, wenn wir ein Paar würden und er mich verließe? Er würde mir das Herz brechen. Ich starrte hinaus in die Nacht und fühlte mich wie der einsamste Mensch im Universum.

Es konnte nicht gut gehen. Ramon lebte hier und ich in Deutschland. Es war besser, wenn ich ihn nie wiedersehen würde.

***

Unser Schiff war langsamer geworden. Der Kapitän hatte den Motor gedrosselt und fuhr auf einen schmalen Steg zu, der behelfsmäßig ans Ufer gebaut war. Hinter dem Steg erhob sich eine dicht bewaldete Böschung. Kein Mensch war zu sehen. Ich blickte aus dem Fenster und fragte mich, wo hier ein Dorf sein sollte. Unser Nachmittagsausflug sollte in einer halben Stunde losgehen und diesmal standen eine Wanderung durch den Dschungel und der Besuch einer echten Schamanin des Regenwaldes auf dem Programm.

Da ich bereits von oben bis unten mit dem obligatorischen Mückenspray eingedieselt und für unsere Hikingtour angezogen war, legte ich mich noch einmal kurz aufs Bett und zog mein Handy hervor. Noch immer kein Signal. Seit unserer Abfahrt in Iquitos war die Verbindung zur Außenwelt praktisch gekappt. Bis jetzt hatte ich es überhaupt nicht vermisst, via WhatsApp und Facebook mit meiner Familie und meinen Freundinnen in Kontakt zu sein. Als ich nun aber an meine Eltern dachte, fehlten sie mir plötzlich sehr. Vielleicht lag es an meinem Traum, vielleicht aber auch daran, dass ich gestern in Mayumis Welt eingetaucht war. Ihre Eltern hätte ich nicht mal meinen schlimmsten Feinden gewünscht. Wie gut hatte ich es dagegen gehabt ...

Ich fragte mich, was ich an Mayumis Stelle getan hätte, wenn ich in einem so lieblosen Elternhaus aufgewachsen wäre wie sie. Als sie mir von ihrer Kindheit erzählt hatte, hätte ich ihre Eltern am liebsten im Nachhinein noch erschlagen. Warum hatten sie überhaupt ein Kind bekommen, wenn sie sich danach nicht darum kümmerten? Es war ein Wunder, dass Mayumi sich zu einer solch tollen Frau entwickelt hatte. Zum Glück hatte sie den Absprung von ihren grässlichen Eltern ja irgendwie geschafft und war jetzt glücklich mit ihrem Juan. Ich war schon gespannt, wie es mit den beiden weitergegangen war. Bis jetzt hatte Mayumi mir nur von ihrem ersten Kuss erzählt, aber ich würde natürlich nicht lockerlassen, bis ich die ganze Geschichte erfahren hatte.

Ein Klopfen an der Kabinentür riss mich aus meinen Gedanken.

„Louisa? Bist du fertig? Oder wieder mal eingeschlafen?“

Jonas machte sich eindeutig Gedanken um mich. Ich musste lächeln. Die beiden Jungs gaben sich alle Mühe mit mir. Ich fragte mich, warum.

„Ha! Ich bin längst fertig. Aber danke, dass ihr an mich denkt!“

Mit diesen Worten öffnete ich die Tür und gesellte mich zu Jonas und Alex, die ausgerüstet mit Kameras und Ferngläsern im Gang standen. Gemeinsam schlenderten wir zum Bug des Schiffes, wo Pedro bereits auf seine Gäste wartete. Mit gerunzelter Stirn betrachtete er unsere Füße, die allesamt in Turnschuhen steckten.

„Sieht ja ziemlich trendy aus. Aber wollt ihr damit wirklich in den Dschungel?“ Pedro schob sein Basecap nach hinten und schüttelte missbilligend den Kopf. „Die könnt ihr hinterher wegschmeißen. Nach den letzten Regenfällen ist es überall matschig im Wald. Ich würde euch raten, euch ein paar von unseren Gummistiefeln auszuleihen.“ Damit deutete er auf ein Regal, in dem hohe, olivgrüne Gummistiefel in sämtlichen Größen aufgereiht waren. Bis wir drei passende Stiefel gefunden hatten, waren auch unsere Mitreisenden eingetrudelt und als endlich alle fertig waren, ging’s los in den Dschungel.

Pedro schritt zügig voraus und ein anderes Crewmitglied bildete den Abschluss. Dazwischen marschierten wir Urlauber in Reih und Glied. Kaum hatten wir die Uferböschung erklommen, verschluckte uns der Wald und der Fluss blieb hinter uns zurück. Wir gingen an ein paar Bambushütten vorbei, vor denen

Kinder spielten, und befanden uns Minuten später mitten im Urwald. Obwohl die gigantischen Bäume uns Schatten spendeten, schwitzten wir wie in der Sauna. Die Temperatur lag garantiert bei über 30 Grad und die Luft war voll von Feuchtigkeit. Mücken umschwirrten meinen Kopf. Die ersten Stiche juckten, obwohl ich mich von oben bis unten eingesprüht hatte.

Die schweren Stiefel machten das Laufen nicht gerade leicht und ein wenig beneidete ich Mayumi, die jetzt bestimmt in einer der Hängematten lag. Nach einer Weile hatte ich meinen Rhythmus gefunden und das Laufen fiel mir leichter. Zweige und Blätter streiften meine Arme. Die Grillen zirpten so laut, dass ihr Gesang unsere Schritte übertönte. Immer wieder schlug Pedro mit einer Machete den schmalen Weg für uns frei. Von Zeit zu Zeit hielt er an und erklärte uns einen besonderen Baum oder eine seltene Pflanze. Einmal trafen wir auf einen Indio, der ein paar Worte mit Pedro wechselte, woraufhin wir die Richtung wechselten. „Ich habe etwas ganz Besonders für euch", rief Pedro fröhlich. „Mein Freund hier hat eine kleine Entdeckung gemacht."

Die 'Entdeckung' entpuppte sich als riesige, haarige Tarantel, die sich Pedro ungerührt auf den Unterarm setzte und uns unter die Nase hielt. Erst nachdem jeder die Riesenspinne ausgiebig angeschaut und fotografiert hatte, setzten wir unseren Weg fort. Nach einer

Dreiviertelstunde hatten wir schließlich unser erstes Ziel erreicht: eine Hängebrücke, die quer über eine Urwaldschlucht führte.

„Ich bin länger nicht mit einer Gruppe hier gewesen und muss zunächst testen, wie gut die Brücke noch in Schuss ist“, teilte Pedro uns mit. „Bleibt auf jeden Fall erstmal hier stehen und wartet, bis ich wieder zurück bin.“

Mit diesen Worten setzte er den ersten Fuß auf die Hängebrücke, prüfte, ob sie sein nicht unbeträchtliches Gewicht hielt, und entfernte sich dann rasch über den schwankenden Untergrund, bis wir ihn nicht mehr sehen konnten. Nach einer gefühlten Ewigkeit kehrte er zurück und wiegte den Kopf.

„Die Brücke hat ihre beste Zeit hinter sich, aber sie wird halten, wenn sich immer nur einer von uns auf ihr bewegt.“

Ich fragte mich, ob er uns ein wenig auf den Arm nehmen wollte mit dem Satz, die Brücke habe ihre beste Zeit hinter sich. Doch da Pedro keinen weiteren Spruch machte, der auf einen Witz schließen ließ, meinte er es wohl ernst.

„Wer möchte zuerst?“, fragte er.

Nachdem sich niemand meldete, klopfte er Jonas auf die Schulter. „Habe ich es mir doch gedacht, dass du wieder der Erste sein willst. Also dann, mal los. Halt dich immer gut mit den Händen rechts und links an den Seilen fest."

Jonas sah ihn verblüfft an, traute sich aber augenscheinlich nicht, die Ehre als Vorausgänger abzulehnen. Nachdem er einige Schritte auf der Brücke hinter sich gebracht hatte, schaute er sich Beifall heischend zu uns um und rief: „Hey, ist überhaupt kein Problem. Ihr braucht keine Angst zu ...".

Doch weiter kam er nicht. In der nächsten Sekunde hörten wir ein Indianergeheul von ihm herüberschallen und sahen, dass er sich wie verrückt auf die Hände schlug.

„Verdammt, was ist das?", fragte Alex, der als nächster dran war und schon mit den Händen die Seile angefasst hatte.

„Shit! Ameisen!" Pedro riss Alex' Hände von den Seilen los und rieb mit seinem Hemd über die Haut.

„Sorry, das habe ich nicht gesehen. Ich bin über die Brücke gegangen, ohne mich festzuhalten. Auf den Seilen krabbeln überall große Ameisen, die richtig fies beißen. Es tut mir leid, aber ihr müsst die Brücke überqueren, ohne euch festzuhalten."

„Hier sind überall Scheiß-Ameisen, die beißen", schrie Jonas jetzt zu uns hinüber. Wir nickten, er hatte unsere Unterhaltung natürlich nicht gehört.

Nachdem er die Biester, die bestimmt dreimal so groß wie bei uns in Deutschland waren, von sich abgeschüttelt hatte, setzte Jonas seinen Weg fort. Erst als er nicht mehr zu sehen war, durfte Alex ihm folgen. Ich war als Dritte an der Reihe.

Die ersten Schritte auf der Hängebrücke fühlten sich merkwürdig an. Ich schwankte hin und her. Mehr als einmal geriet ich in Versuchung, mich an den Seilen festzuhalten, aber der Gedanke an die Ameisen hielt mich zurück. Bald fand ich die richtige Balance. Schritt für Schritt legte ich den Weg über eine tiefe Schlucht zurück und genoss den Ausblick auf das grüne Dickicht unter mir. An manchen Bäumen rankten sich bunte Orchideen dem Himmel entgegen. Schmetterlinge flogen von Blüte zu Blüte. Alles war still und friedlich hier oben, auf dem Dach des Waldes.

Obwohl die Hängebrücke lang war, kam mir der Spaziergang über die Baumwipfel viel zu kurz vor. Jonas und Alex erwarteten mich auf der anderen Seite und machten Fotos mit ihren Handys. „Damit kannst du deine Leute zu Hause beeindrucken", sagte Alex und hielt mir ein Foto vor die Nase, das wirklich etwas nach Indiana Jones in weiblich aussah.

Wir setzten uns auf eine kleine Holzbank, tranken unsere Wasserflaschen halb leer und warteten auf die anderen, die nach und nach eintrudelten.

„Hattest du nicht erzählt, dass du zu Hause studierst, Louisa? Was denn eigentlich?" Jonas war bei seinen Worten etwas näher an mich herangerückt und ich fragte mich, ob das gleich in eine Art Anmache übergehen würde.

„Informatik. Bin gerade mit dem Studium fertig geworden. Wenn ich nach Hause komme, geht der Ernst des Lebens los. Ich werde mir einen Job suchen. Und wie sieht‘s bei euch aus?“

Meine Frage wurde komplett ignoriert.

„Wirklich, du bist schon fertig? Mit Informatik? Krass!“

Jonas und Alex starrten mich mit kugelrunden Augen an.

„Informatik soll doch sauschwer sein. Bachelor oder Master?“

Ich wollte nicht angeben. Aber sollte ich lügen? „Master natürlich.“

Alex nickte anerkennend. „Das ist echt der Hammer. Du siehst noch total jung aus. Wie hast du das bloß geschafft? Ich meine, wie konntest du das Studium so schnell hinter dich bringen?“

„Naja, ich habe nicht herumgebummelt. Ich wollte schnell fertig werden, also habe ich viel gelernt. Das war’s eigentlich schon.“

Jonas schüttelte den Kopf. „Das ist so krass, ey. Du wirst jede Menge Asche verdienen. Ich sehe dich schon vor mir mit Penthousewohnung und Porsche und so.“

Ich lächelte bescheiden. „Na mal sehen, was kommt. Aber jetzt seid ihr dran. Was macht ihr, wenn ihr euch nicht gerade über Hängebrücken in Perus Dschungel hangelt?“

Auf einmal waren die beiden nicht mehr besonders redselig. „Wir haben auch studiert, aber bei uns lief es leider nicht so gut“, sagte Alex.

„Aha. Und wie soll ich das verstehen?“, fragte ich.

„Nach dem Abi haben wir beide Maschinenbau in Dortmund studiert. Da haben wir uns auch kennengelernt“, fuhr Jonas fort.

„Maschinenbau ist doch super. Da bekommt ihr später garantiert sofort einen Job“, warf ich ein.

Alex lächelte dünn. „Stimmt schon, aber das Studium ist echt superschwer. Wir hatten es uns nicht so schlimm vorgestellt ...“

„Na, ihr werdet es schon schaffen“, ich schlug einen optimistischen Tonfall an.

Jonas verdreht die Augen. „Lange Rede, kurzer Sinn, wir haben’s geschmissen.“

Hatte ich’s mir doch gedacht. „Okay, und nun?“

Alex zuckte die Schultern. „Gute Frage. Wir wissen’s noch nicht. Wir haben erstmal ein freiwilliges soziales Jahr eingelegt und wollten danach etwas anderes studieren. Aber uns fiel nichts ein. Deswegen traveln wir jetzt erstmal ein bisschen durch Peru, um auf Ideen zu kommen.“

Mir stellten sich die Nackenhaare auf. „Wer finanziert denn eure Reise?“

„Das meiste kommt von unseren Eltern, aber wir haben natürlich auch etwas gearbeitet“, antwortete Jonas.

„Schätze, wir müssen uns jetzt echt für irgendwas entscheiden, wenn wir nach Hause kommen“, meinte Alex.

Mir fehlten die Worte.

Inzwischen waren alle Mitglieder unserer Gruppe eingetrudelt und Pedro scheuchte uns auf den Dschungelpfad zurück. „Von hier aus ist es nicht mehr weit bis zu unserem nächsten Stopp“, ermunterte er uns und ging mit seiner Machete vorweg.

Während wir ihm im Gänsemarsch folgten, dachte ich über die beiden Jungs nach. Ich schätzte sie auf ungefähr mein Alter. Beide waren nett und gutaussehend: Hätte ich einen von ihnen als meinen Freund präsentiert, hätten vermutlich alle in meinem Umfeld mit einem ‚Halleluja, na endlich!‘ reagiert. Ich aber würde keinen der beiden für voll nehmen können. Wahrscheinlich wieder mal ein Zeichen dafür, dass ich nicht ganz normal war.

Vermutlich hatten die beiden ja sogar recht. Wenn ich mir zu Hause einen lukrativen Job an Land zog, könnte ich mir tatsächlich irgendwann Porsche und Penthouse-Bude leisten. Aber würde mich das glücklich machen? Oder irgendjemand sonst? Hatte mich das Studium zu einem besseren oder schlaueren Menschen gemacht? Je mehr ich darüber nachgrübelte, umso mürrischer wurde ich. Was konnte ich denn schon? Wenn man mich hier alleine im Dschungel vergessen würde, hätte ich keine Chance. Ich hatte null Ahnung, wie ich hier auf mich allein gestellt überleben könnte. Für Juan zum Beispiel wäre das sicher kein Problem. Dabei war er einfach nur Gärtner und verdiente wahrscheinlich einen Hungerlohn. Naja, bald war ich sowieso zurück in Deutschland. Aber würde mir meine Arbeit dort wenigstens Spaß machen? Noch nicht mal darüber hatte ich jemals länger nachgedacht. Ich konnte einfach gut mit Zahlen umgehen. Sie gaben mir ein Gefühl der Sicherheit. Und ich wusste, dass ich mit einem gut bezahlten Job in der IT-Branche ... Ich korrigierte mich, einem sehr gut bezahlten Job in der IT-Branche, immer unabhängig sein würde. Und das war gut so.

Was für verrückte Gedanken einem hier im Dschungel kamen. Ich schüttelte über mich selbst den Kopf.

„Wir sind da!“ Pedro drehte sich zu uns herum und lächelte breit. „Seid ihr müde? Nun könnt ihr euch erstmal ein wenig ausruhen.“

Wir waren an einem kleinen Fluss angelangt, wahrscheinlich wieder einem dieser Seitenarme des Amazonas, die sich durch den Regenwald schlängelten. Am Ufer lagen zwei längliche Holzboote, die offensichtlich für uns bestimmt waren. Wir verteilten uns auf die Boote und Pedro und sein Crewkollege ruderten uns über den Fluss, der ganz und gar von Wasserpflanzen bedeckt war.

Ich ließ meine Hände durch das kühle Flusswasser gleiten und genoss den leichten Luftzug. Nach einer guten halben Stunde hatten wir unser nächstes Ziel erreicht, einen kleinen Bootsanleger, der sich laut Pedro nicht weit von unserem Schiff entfernt befand. Doch bevor wir auf die *Amazon Queen* zurückkehrten, stand ja noch der Besuch bei der Schamanin auf dem Programm. Ich fragte mich, ob es sich dabei um eine inszenierte Folkloreveranstaltung für Touristen handeln würde oder ob es tatsächlich noch so etwas wie echte Schamanen hier gäbe.

Wir krabbelten aus den Booten und machten uns erneut zu Fuß auf den Weg. Eine Viertelstunde später standen wir vor einer runden Bambushütte, die auf einer Anhöhe mitten im Regenwald thronte. Im dämmerigen Licht ihrer einfachen Behausung wartete eine Frau auf uns. Sie trug ihr langes, mit wenigen grauen Strähnen durchsetztes Haar offen und war in Rock und Bluse gekleidet. Mit undurchdringlicher Miene musterte sie unsere kleine Reisegruppe und wartete schweigend, bis alle in ihrem Refugium angekommen waren. So, wie sie dort barfuß vor uns stand, war sie zwar nicht groß, aber ihre Präsenz war gewaltig. Schließlich begann Pedro zu sprechen.

„Das ist Eliana. Sie ist die Schamanin für ein großes Gebiet hier im Regenwald. Hunderte von Menschen aus insgesamt neun Dörfern vertrauen auf ihre Heilkunst."

Eliana nickte uns huldvoll zu und wies auf eine Bank, die an der Innenwand der Hütte angebracht war. Wir sollten uns setzen.

„Eliana wird uns jetzt von ihrem Leben erzählen und anschließend eine kleine Zeremonie durchführen. Ich werde ihre Worte für euch übersetzen", sagte Pedro.

Als die Medizinfrau zu erzählen begann, hingen alle an ihren Lippen. Nur wenige seien dazu berufen, Schamane zu werden, und die Ausbildung sei hart, erklärte Eliana. Ob das angeborene Talent in einem schlummere, merke man schon als Kind. Bei ihr sei es der Vater gewesen, selbst ein großer Schamane, der die Gabe bei seiner Tochter entdeckt habe, sie einigen Prüfungen unterzog und schließlich ausbildete.

„Acht Jahre lang durfte ich mich nur von Bananen und Fisch ernähren. Kein Alkohol, kein Tabak, kein Sex. Diese Reinigung von Körper und Geist ist nötig, um in Kontakt mit der Natur zu treten und die Magie der Pflanzen zu erfahren", erzählte die Peruanerin. Ihr Vater habe ihr in der Zeit ihrer Ausbildung gezeigt, welche Schätze der Regenwald bereithält, um Menschen von Krankheiten zu heilen, von bösen

Dämonen und Süchten zu befreien und um Wunden zu versorgen. Schließlich wurde Eliana selbst zur Schamanin ernannt. Sie durfte sich ein Schutztier oder eine Pflanze aussuchen, die ihr zeit ihres Lebens Energie verleihen sollte. Sie wählte den Jaguar, den schönen, gefährlichen Jäger, der des Nachts durch den Dschungel von Peru streift.

Während Eliana von ihrem Leben als Schamanin erzählte, begann es zu regnen. Die Wassertropfen trommelten sachte auf das Blätterdach der Hütte und ein leichter Geruch nach Weihrauch hing in der Luft. Ich lehnte mich zurück und entspannte in der ruhigen Atmosphäre der Zeremonienhütte. Leise drangen die Geräusche des Urwalds in das kleine Refugium. Exotische Vögel zwitscherten, Frösche quakten, Grillen zirpten. Ein winziger Affe krabbelte einen Baumstamm hinunter, um uns besser beobachten zu können. Eliana entfaltete ihre Künste. Sie schmierte das schmerzende Knie einer Mitreisenden mit einer Salbe ein und massierte ein besonderes Öl auf die beginnende Glatze von Debbys Ehemann.

„Der Amazonas-Regenwald ist die größte Apotheke der Welt. Hier finde ich die Mittel für alle Krankheiten“, erklärte die Medizinfrau. Inzwischen war sie bei mir angelangt. Schweigend nahm sie meine Hände in die ihren und sah mir tief in die Augen.

Obwohl mir ihr starrer Blick ziemlich unangenehm war, traute ich mich nicht, die Augen abzuwenden. Sekunden dehnten sich zu Minuten und weiter zu gefühlten Ewigkeiten. Ich begann zu schwitzen. Die Frau war mir unheimlich. Plötzlich weiteten sich Elianas Augen und ihre Hände begannen zu zittern. Sie murmelte unverständliches Zeug vor sich hin und ich hoffte inständig, dass sie endlich weitergehen und sich ein neues Opfer aussuchen würde.

Doch Eliana ließ meine Hände einfach nicht los. Pedro übersetzte ihre nächsten Sätze.

„Die Schamanin wird nun bei einem von euch eine rituelle Zeremonie durchführen. Wer meldet sich freiwillig?“

Na, Gott sei Dank. Ich würde in wenigen Momenten erlöst sein. Aufatmend ließ ich die Schultern sinken. Alex und Jonas waren beinahe gleichzeitig aufgesprungen und schrien: “Ich mach’s!“

Im gleichen Moment riss mich Eliana von der Bank hoch und schubste mich auf einen niedrigen Schemel, der in der Mitte der Hütte stand. Ich war so überrascht von ihrer Aktion, dass ich mich noch nicht einmal wehrte.

„Na dann eben Louisa“, zuckte Pedro mit den Schultern. Als er mein entsetztes Gesicht sah, fügte er noch hinzu: „Du brauchst keine Angst haben, dir geschieht nichts. Eliana macht das bei jedem unserer Besuche hier.“

Alex und Jonas setzten sich enttäuscht wieder hin und ich ergab mich in mein Schicksal.

Eliana starrte mich immer noch an, als sei ich eine Ausgeburt der Hölle. Schließlich ließ sie mich los und ging zu einem Tisch, auf dem mehrere Flaschen mit merkwürdigen Flüssigkeiten, Kräuter in Schüsseln und einige selbstgedrehte Zigarren verteilt waren. Sie zündete sich eine der Zigarren an und kehrte damit zu mir zurück. Die rauche ich auf gar keinen Fall, schoss mir durch den Kopf. Mit reichte meine Erfahrung mit dem grässlichen Ayahuasca in Iquitos. Aber offenbar war die Zigarre sowieso nicht für mich bestimmt. Eliana nahm selbst einen tiefen Zug und pustete den Rauch dann mit geschlossenen Augen auf meinen Kopf. Mit überraschend melodischer Stimme stimmte sie ein Lied an, umrundete mich wieder und wieder und pustete den Rauch ein ums andere Mal auf meinen Kopf.

Ich weiß nicht, ob es die Wirkung des Rauches war, der nach unbekannten Kräutern roch, oder ob es an ihrem merkwürdigen Singsang lag, aber mir fielen schon nach einigen Sekunden die Augen zu. Bleierne Müdigkeit überkam mich. Meine Reisegruppe, die Wände der Hütte, sogar Eliana selbst traten in den Hintergrund. Mein Kopf leerte sich und ich hatte das angenehme Gefühl, als schwebte ich über den Dingen und alles sei gut.

Keine Ahnung, wie lange dieser Zustand anhielt, aber irgendwann erwachte ich aus meiner Trance und hatte als erstes wieder Eliana vor Augen. Inzwischen hatte ihr Blick sich gewandelt. Ich erkannte fast so etwas wie Zuneigung darin, aber das war wahrscheinlich einfach nur Einbildung. Vielleicht war die Schamanin auch nur froh, dass ich trotz ihrer Kräuterdämpfe nicht vom Hocker gerutscht und lang hingeschlagen war. Das hätte sich vor den Augen unseres Reiseleiters, der bestimmt ein gutes Honorar für sie dabeihatte, sicher nicht gut gemacht.

Eliana sagte etwas in ihrer Sprache zu Pedro und der übersetzte.

„Eliana sagt, sie habe eine positive Aura bei dir festgestellt. Du seist ein gütiger Mensch und würdest deinen Weg noch finden. Es ist gut, dass du nach Peru gekommen bist. Du musst dich endlich deiner Vergangenheit stellen."

Ich kehrte auf meinen Platz zurück und schüttelte den Kopf. „Du musst dich deiner Vergangenheit stellen ..." Was für ein Schwachsinn! Garantiert erzählte diese Frau genau das jedem anderen Touristen auch. Eines aber musste ich ihr lassen: Sie hatte das Talent, Menschen zu beeindrucken. Für einen kurzen Moment hatte sie mir das Gefühl gegeben, mir tief in die Seele zu sehen.

***

„Louisa, wie war deine Wanderung durch den Regenwald?“ Mayumis Wangen glühten. Ich hatte den Eindruck, dass meine neue Freundin es kaum abwarten konnte, von meinen Erlebnissen im Dschungel zu hören.

Frisch geduscht, umgezogen und leidlich erholt, ließ ich mich auf meinen Stuhl im Restaurant sinken und freute mich auf ein leckeres Abendessen. Und noch viel mehr auf die Fortsetzung von Mayumis Geschichte.

„Es war toll. Wir haben eine riesige, haarige Tarantel gesehen. Ich habe geschätzte tausend Mückenstiche und der absolute Knaller war die Schamanin, die wir besucht haben.“ Ich nahm einen Schluck Wein und fühlte, wie ich mich augenblicklich entspannte. Mayumi und Juan hatten von Anfang an diese wohltuende Wirkung auf mich gehabt, kein Wunder, dass ich mich in ihrer Nähe so wohlfühlte.

Juan lachte. „Eine echte Schamanin ... Und, hat sie dich verzaubert?“

„So ungefähr. Sie ist mit irgendeinem komischen Singsang um mich herum gegangen und hat mir dauernd ihren Zigarrenrauch auf den Kopf geblasen. Ich bin total weggetreten bei dieser Prozedur. War also bestimmt eine Art von Zauber ..."

Ich zwinkerte ihm zu.

„Du warst weggetreten?" Juan hob die Augenbrauen. „So weit gehen sie bei Touristen eigentlich nicht. Für Schamanen ist es überhaupt kein Problem, Menschen in Trance zu versetzen. Aber das tun sie nur, wenn ein Dorfbewohner mit einem besonderen Anliegen zu ihnen kommt."

„Na, ich hatte jedenfalls kein Anliegen. Im Gegenteil, ich wollte diese Zeremoniegeschichte überhaupt nicht, während sich Alex und Jonas darum gerissen haben. Aber diese Frau hat mich einfach von der Bank gezerrt und losgelegt. Und wie die mich angestarrt hat – gruselig ..."

„Das ist wirklich seltsam", murmelte Juan. „Kennst du den Namen der Schamanin?"

„Klar. Pedro hat sie uns als Eliana vorgestellt. Sie soll eine sehr angesehene Medizinfrau am Amazonas sein."

Juan hatte bei meinen Worten erschrocken die Augen aufgerissen und sah Mayumi an. Die Luft zwischen den beiden schien zu vibrieren. Sekundenlang sagte niemand etwas. Wenn irgendjemand auf dieser Welt Telepathie draufhat, dann die beiden hier, dachte ich und fühlte mich ein wenig ausgeschlossen. Mayumi schien mein Unbehagen zu spüren. Sie legte ihre kleine, zarte Hand auf meine.

„Schon gut, Louisa. Diese Schamanen hier im Regenwald haben viel Macht und können einiges bewirken. Aber es ist ja nichts passiert. Möchtest du jetzt unsere Geschichte weiterhören?“

Ich nickte begeistert. „Darauf freue ich mich schon den ganzen Tag. Du bist die geborene Erzählerin, Mayumi. Und dann einfach da aufzuhören, wo es richtig spannend wurde, das war schon ein bisschen gemein. Also, wie ging es weiter?“

Eine Nacht in Belén

Mayumi, Iquitos, 1971

Seit einer Stunde stapfte Mayumi in ihrem Zimmer auf und ab. Sie konnte nicht glauben, was ihre Mutter ihr eben beim Abendessen offenbart hatte.

„Du kannst dich freuen, Mayumi. Ich werde dich endlich aus diesem stinkenden Nest Iquitos herausholen und dich in die zivilisierte Welt bringen. Wir reisen nach Europa. Du wirst deine Familie in Spanien kennenlernen. Und mal sehen, wahrscheinlich bleiben wir dann gleich für immer da. Deinen Vater interessiert es ja ohnehin nicht, ob wir hier sind oder nicht."

Die Stimme ihrer Mutter troff vor Bitterkeit. Mayumi hörte die Zeitung ihres Vaters rascheln, aber aus seinem Mund kam keine Erwiderung. Wieder einmal ignorierte er ihre Mutter komplett. Und sie auch.

Mayumi fragte sich, ob sie sich verhört hatte. Und fragte lieber nochmal nach. „Was soll das heißen, Mutter? Wir machen zusammen Urlaub in Spanien? Papa, du und ich?"

Silvia lachte gekünstelt. „Nicht ganz, mein Kind. Du und ich fahren nach Spanien. Dein Vater bleibt hier. Ich kann es gar nicht erwarten, aus diesem Drecksloch Iquitos rauszukommen. Glaub mir, Spanien wird dir gefallen“, sagte sie. Und fügte nach einer winzigen Pause hinzu. „Auch wenn du es natürlich nicht sehen kannst. Aber egal.“

Feingefühl war noch nie Silvias Stärke gewesen. Daran war Mayumi gewohnt. Und auch daran, dass Entscheidungen stets über ihren Kopf hinweg getroffen wurden. Selbst jetzt – sie war immerhin schon fast 18 Jahre alt – wurde sie noch behandelt wie ein kleines Kind.

Mayumi versuchte sich vorzustellen, wie sie mit ihrer Mutter in einem fremden Land zurechtkommen sollte. Ohne Daphne. Und noch viel schlimmer: ohne Juan.

Allein bei dem Gedanken daran, ihren allerbesten Freund nicht mehr zu sehen, krampfte sich ihr Herz zusammen. ‚Wahrscheinlich bleiben wir für immer da‘ – der entsetzlichste Satz ihrer Mutter hallte in ihren Ohren nach. Meinte sie das ernst? Mayumi wusste, dass ihre Mutter unberechenbar war. Und kaltherzig. Auf gar keinen Fall würde sie mit ihr nach Europa reisen.

„Aber ich möchte nicht nach Spanien, Mutter. Wie du eben schon so treffend gesagt hast: Ich kann es sowieso nicht sehen. Also bleibe ich hier.“

„Undank ist der Welt Lohn. Statt dass du dich freust, wirst du auch noch frech. Ich glaube, ich muss mich schnellstens mal selbst etwas mehr um deine Erziehung kümmern, bevor es zu spät ist“, erwiderte Silvia. Mayumi hörte, wie sich ihre Mutter ein weiteres Glas

Wein einschenkte und es in einem Zug austrank. Nachdem sie es wieder auf den Tisch abgesetzt hatte, wandte sie sich erneut an ihre Tochter.

„Du solltest jetzt in dein Zimmer gehen. Unsere Reise startet in drei Wochen, die Tickets sind schon gebucht. Und jetzt will ich nichts mehr von dir hören."

Mayumi rannte fast in ihr Zimmer, Tränen standen ihr in den Augen. Das konnte ihre Mutter einfach nicht von ihr verlangen. Sie würde sich weigern. Keiner konnte sie zwingen. Sie brauchte unbedingt einen Plan. Rastlos tigerte sie durch den Raum und dachte nach. Erst als sie ein leises Klopfen an der Tür hörte, stoppte sie ihr Hin- und Hergerenne. Es war Daphne.

„Mayumi", sagte ihr Kindermädchen mit besorgter Stimme. „Was ist denn bloß los? Die ganze Zeit schon höre ich deine Schritte von unten aus der Küche. Willst du einen Laufwettbewerb gewinnen?"

„Ach Daphne, es ist einfach schrecklich." Mit einem Schluchzen warf sich Mayumi in die tröstenden Arme der Frau. „Ich hasse meine Eltern. Warum kannst du nicht meine Mutter sein?"

Die Indiofrau strich beruhigend über Mayumis lange Locken. Wie oft hatte sie diesen Satz schon aus dem Mund des armen Kindes gehört? Seitdem sich Mayumi mit dem Gehilfen des Gärtners angefreundet hatte, war es besser geworden. Der junge Mann tat der Kleinen gut. Daphne hatte die beiden oft zusammen beobachtet.

Sie wusste, dass Mayumi bei ihm in besten Händen war. Doch außer Juan und ihr selbst hatte Mayumi niemanden, der ihr nahestand.

„Irgendwie bin ich doch deine Mutter, meine Kleine. Und du brauchst keine Angst zu haben, ich werde immer bei dir sein."

„Eben nicht!" Mayumi stampfte wütend mit dem Fuß auf. „Meine Mutter will mit mir nach Spanien reisen. Und sie hat sogar gesagt, dass sie für immer mit mir dortbleiben will. Ich wurde natürlich – wie üblich – nicht einmal gefragt."

Daphne riss erschrocken die Augen auf. Ihr war schon aufgefallen, dass das Verhältnis der Eheleute Lopez in den letzten Monaten immer schwieriger geworden war. Señor Lopez kam des Nachts immer seltener nach Hause und seine Frau trank so viel wie nie zuvor. Aber damit, dass ihr ihre geliebte Mayumi genommen werden sollte, hätte sie nie gerechnet.

„Bist du sicher Mayumi? Vielleicht ist es nur mal wieder eine Laune deiner Mutter."

Das Mädchen schüttelte den Kopf. „Sie hat die Flugtickets schon gekauft. In drei Wochen soll es losgehen."

Daphne zog Mayumi an sich und streichelte ihren Rücken. „Bleib ruhig, mein Schatz. Bestimmt ist es nur ein kurzer Urlaub. Und ehe du dich versiehst, bist du wieder hier bei mir."

„Ich kann nicht fahren, Daphne. Für meine Mutter bin ich nur ein Klotz am Bein. Sie wird mich in ein Zimmer sperren und ihrer Wege gehen.“

Inzwischen liefen Mayumi die Tränen die Wangen hinab. „Bitte Daphne, ich muss unbedingt mit Juan reden. Sofort. Kannst du mich zu ihm bringen?“

Daphne hielt die Luft an. Sie wusste, dass Juan in einem billigen Zimmer in einer ärmlichen Gegend von Iquitos hauste. Dort konnte sie Mayumi unmöglich hinbringen.

„Das geht nicht, mein Kind. Warte doch, bis Juan wieder hierhin kommt, um mit ihm zu reden.“

„Nein. Das dauert mir viel zu lange. Ich muss ihn jetzt sehen. Heute Abend. Bitte Daphne, du musst mir helfen. Sonst haue ich heute Nacht ab und versuche mein Glück alleine.“

Daphne wusste, dass Mayumi es durchaus ernst meinte. Sie würde es fertigbringen, blind, aber mutig wie eine Löwin, so lange durch ganz Iquitos zu laufen, bis sie Juan gefunden hätte.

„Also gut“, murmelte sie mit Unbehagen. „Ich bringe dich hin. Hoffentlich bringt mich das nicht in Teufels Küche.“

***

Mayumi und Daphne liefen Hand in Hand durch Iquitos. Nachdem sie das vertraute Viertel der wohlhabenden Einwohner hinter sich gelassen hatten, stolperte Mayumi immer öfter auf den unbefestigten Wegen. Laute Geräusche von Mopeds und die Rufe der Straßenhändler drangen an ihre Ohren. Der Duft der tropischen Gewächse aus den Gärten der Reichen war dem Gestank von totem Fisch und Unrat gewichen. Sie hatten Belén erreicht, Iquitos ärmstes Stadtviertel. Mayumi hatte längst jegliche Orientierung verloren. Sie griff fester nach Daphnes Hand und ließ sich von ihr durch eine fremde Welt leiten.

Nach einer geraumen Weile hielt Daphne an und klopfte an eine Tür. Sekunden später wurde sie von Cesars Frau geöffnet. Überrascht sah sie Daphne und Mayumi an.

„Was macht ihr beide denn hier? Cesar ist nicht zu Hause."

„Wir wollen zu Juan", antwortete Daphne. Als Cesars Frau die Augen aufriss, fügte sie hinzu: „Es handelt sich sozusagen um einen Notfall."

„Aha. Da müsst ihr in den Hinterhof gehen, zur braunen Tür. Dort ist sein Zimmer." Die Frau starrte Mayumi immer noch mit offenem Mund an. Es kam nicht oft vor, dass ein Mitglied der feinen Gesellschaft an ihrer Tür klopfte. Genaugenommen war dies noch nie passiert.

Daphne bedankte sich und zog Mayumi über den Hof, auf dem zwei kleine Mädchen spielten und einige Hühner scharrten. Nur Sekunden nachdem sie an die altersschwache Tür geklopft hatten, stand Juan vor ihnen und hielt vor Überraschung die Luft an.

„Mayumi, Daphne, was macht ihr denn hier? Ist etwas passiert?“

Mit einem Schluchzen warf sich Mayumi an Juans Hals und Daphne trat unbehaglich von einem Fuß auf den anderen.

„Das kann man wohl sagen“, murmelte sie, während Juan Mayumis Rücken streichelte und Daphne fragend ansah.

„Sie wird es dir selbst erzählen. Ich warte solange draußen.“

„Ich kann Mayumi auch selbst zurückbringen, wenn du wieder zu deiner Arbeit musst, Daphne.“

Mayumi, immer noch schniefend und in Tränen aufgelöst, nickte. „Ja, geh nur, Daphne. Juan kann mich begleiten. Ich möchte eine Weile bei ihm bleiben.“

Daphne wurde immer unbehaglicher zumute. Worauf hatte sie sich da nur eingelassen?

Juan nickte ihr zu. „Keine Sorge, Daphne, ich werde Mayumi sicher nach Hause bringen.“

„Na gut, dann lasse ich euch beide mal alleine.“ Daphne zuckte die Schultern und wandte sich zum Gehen. „Kommt nicht so spät zurück.“

Juan nahm Mayumi an der Hand und zog sie in sein Zimmer. Zum ersten Mal war er fast froh darüber, dass sie blind war. Er schämte sich, in welch schäbiger Umgebung er wohnte. Sein winziges Zimmer bestand aus einem uralten, schmalen Bett, einem wackeligen Tisch und einem Stuhl. Seine Kleidung verwahrte er in einem Pappkarton neben dem Bett. Über das offene Fenster hatte er selbst eine Art Rollo gebastelt, das aus einem Sack bestand. Zuhause im Dschungel war seine Unterkunft nicht komfortabler gewesen, deswegen hatte ihn der Zustand des Zimmers in Iquitos nie gestört. Bis jetzt. Was sollte Mayumi bloß von ihm denken, dass er in einer solchen Bruchbude hauste?

Mayumi machte sich nicht die geringsten Gedanken darüber. Sie nahm wahr, dass Juans Zimmer klein war. Dass es vermutlich nicht besonders sauber war. Sie hörte die Geräusche der Nachbarschaft durch ein geöffnetes Fenster. Eine Bodendiele knarrte, als Juan sie sanft weiter ins Innere zog. Er hatte sie nicht eine Sekunde losgelassen, nachdem sie vorhin vor ihm gestanden hatte. Sie roch den vertrauten Geruch seiner Haut, spürte das sanfte Streicheln seiner Hände auf ihrem Rücken. Und die Angst fiel von ihr ab.

„Hier, setz dich hin Mayumi." Juan dirigierte sie zum Bett, der einzigen Möglichkeit, wo sie nebeneinandersitzen konnten. „Und dann erzähl mir erstmal, was passiert ist."

Während Mayumi ihm von den Plänen ihrer Mutter berichtete, hatte sie wieder zu weinen begonnen. Und Juan kam es vor, als legte sich eine kalte Hand um sein Herz. Nun war es also soweit, sie würden ihm Mayumi wegnehmen. Es würde genauso kommen, wie sein Freund es ihm vorhergesagt hatte.

Sein Mund war trocken geworden. Tausend Gedanken wirbelten ihm durch den Kopf und doch hatte er keine Antwort, als Mayumi ihn fragte, was sie nun tun sollten.

„Ich werde auf keinen Fall mitgehen“, verkündete sie schließlich und rückte noch näher an ihn heran. Als Antwort legte er sich zurück und zog sie mit sich. Ihr Kopf ruhte in seiner Halsbeuge und er fuhr fort, sie beruhigend zu streicheln. Was sollte er bloß tun? Mayumi zu verlieren war das Schlimmste, was er sich vorstellen konnte. Aber gab es überhaupt eine Alternative? Er war ein Indio, ein Mensch zweiter Klasse, ein Niemand. Was zählte es da schon, dass er Mayumi liebte?

Sie liebte? Bisher hatte er das noch nie direkt für sich ausgesprochen. Aber war es nicht immer klar gewesen? Seitdem er sie kennengelernt hatte, war Mayumi stets in seinen Gedanken. Er lebte für die Augenblicke des Tages, an denen er mit ihr zusammen sein konnte.

„Du wirst eine Lösung für uns beide finden, nicht wahr, Juan?“, flüsterte Mayumi. Ihre Hand wanderte unter sein T-Shirt und fuhr über seine nackte Haut. Juan erschauderte. Er sollte ihr sagen, dass sie die Hand besser wegnehmen sollte. Aber er konnte nicht. Im Dämmerlicht seines Zimmers betrachtete er ihr Gesicht, wischte ihr vorsichtig eine letzte Träne aus dem Augenwinkel. Und dann rutschte es ihm heraus.

„Ich liebe dich, Mayumi."

Zwei winzige Grübchen erschienen rechts und links ihres Mundes. Sie lächelte. „Das weiß ich, Juan. Und ich liebe dich auch."

In den nächsten Stunden vergaßen sie die Welt um sie herum. Vergangenheit, Gegenwart, Zukunft – alles vereinigte sich zu einem endlosen Gefühl der Liebe. Ihre Körper schmolzen zusammen und ihre Seelen knüpften ein Band für die Ewigkeit.

Als Juan seine Mayumi am frühen Morgen nach Hause brachte, hatten sie noch immer keinen Plan, wie es weitergehen sollte. Aber beide wussten, dass sie sich niemals trennen würden. Diese Nacht hatte ihren Pakt besiegelt.

***

Während Mayumi Pläne schmiedete, in denen sie ihrem Elternhaus für immer den Rücken kehrte und mit Juan in eine rosige Zukunft davonlief, übernahm das Schicksal selbst die Regie. Nur drei Tage nachdem

Mayumi die Nacht bei Juan verbracht hatte, fiel Silvia die Treppe hinunter und zog sich einen höchst komplizierten Beinbruch zu. Obwohl nicht offen darüber geredet wurde, war jedem klar, dass die Herrin des Hauses mal wieder zu viel getrunken hatte. Jeremy hatte das Haus nach dem Abendessen mit unbekanntem Ziel verlassen und Silvia war ins gemeinsame Schlafzimmer im ersten Stock gegangen, wo sie ihre Aufmerksamkeit einer vollen Flasche Johnnie Walker schenkte. Wusste der Teufel, warum sie spät in der Nacht – die Flasche war zu diesem Zeitpunkt zu drei Vierteln geleert – noch einmal aufgemacht hatte, um nach unten zu gehen. Auf ihrem schwankenden Weg ins Erdgeschoss hatte sie die Balance verloren und war die gesamte Treppe heruntergefallen.

„Sie hätte sich auch den Hals brechen können", hatte Daphne dem Gärtner zugeraunt. Sie war mitten in der Nacht von dem Gepolter im Treppenhaus aufgewacht und hatte ihre Dienstherrin gefunden. Nachdem sie sich vergewissert hatte, dass Silvia noch lebte, hatte Daphne einen Rettungswagen gerufen und die Whiskyflasche verschwinden lassen. Jeremy erfuhr erst am nächsten Morgen vom Unfall seiner Frau. Er hatte die Nacht in einem Etablissement verbracht, in dem er die körperliche Liebe bekam, die ihm seine Frau schon seit vielen Jahren verweigerte.

Mayumis Mitleid für ihre Mutter hielt sich in Grenzen. Sie jubilierte innerlich, dass das Thema Spanienreise erstmal für einige Zeit vom Tisch war. Silvia hatte sich das Bein so kompliziert gebrochen, dass sie sich auf eine mehrmonatige Rekonvaleszenz gefasst machen musste. Jedes Mal, wenn Mayumi und Jeremy sie im Krankenhaus besuchten, setzte Silvia eine Leidensmiene auf. Sie stöhnte bei jeder Bewegung und schimpfte auf sämtliche Ärzte und Krankenschwestern.

„Vielleicht sollten Sie darüber nachdenken, Ihre Frau zu einem mehrwöchigen Kurauf-enthalt zu schicken. Das wäre ihrer Gesundheit nur zuträglich. Und das Bein könnte besser heilen“, schlug der behandelnde Arzt Jeremy vor.

Sie wollen meine Mutter hier nur so schnell wie möglich loswerden, dachte Mayumi, die bei dem Gespräch dabei war. Jeremy, dem davor graute, die kranke Silvia von morgens bis abends zu Hause zu haben, lächelte geradezu beglückt.

„Eine hervorragende Idee. Bitte leiten Sie doch alles, was dazu nötig ist, in die Wege. Die Kosten sind kein Problem.“

Der Arzt nickte und verabschiedete sich. Nur wenige Tage später wurde Silvia direkt vom Krankenhaus in ein Sanatorium an der nordperuanischen Küste verlegt.

Und für Mayumi begann die schönste Zeit ihres Lebens.

Entscheidungen

Iquitos, 1971

Mayumi lag ausgestreckt auf einer Decke im Garten und lächelte. Sie konnte zwar den wolkenlos blauen Himmel über sich ebenso wenig sehen wie die Blüten des Frangipanibaumes neben sich, doch das machte nichts. Sie atmete den süßen Geruch der Blüten ein, hörte das Summen der Insekten und war glücklich. Juan lag neben ihr und war eingeschlafen. Er war wie immer in aller Herrgottsfrühe aufgestanden und hatte für Cesar in verschiedenen Gärten gearbeitet. Als er mit der Arbeit fertig war, hatte ihn sein erster Weg zu Mayumi geführt. Seitdem Silvia zu Kur war, sahen sie sich täglich und genossen es, sich unbeobachtet, wie andere Liebespaare auch, treffen zu können. Jeremy war fast nie zu Hause und Daphne freute sich einfach, dass ihr Liebling Mayumi glücklich war.

Und das war sie. Jedes Mal, wenn Mayumi an Juan dachte, tanzten Schmetterlinge in ihrem Bauch. Sie konnte es kaum erwarten, dass ihr Liebster zu ihr kam, sie umarmte, küsste und ihr schöne Dinge ins Ohr flüsterte. All die Liebe, die ihre Eltern ihr als Kind verwehrt hatten, bekam sie nun doppelt und dreifach von Juan geschenkt. Nicht eine Sekunde lang hatte sie es bereut, dass sie sich ihm in jener Nacht vor einigen Wochen hingegeben hatte. Seither hatten sie allerdings nur noch wenige Male miteinander geschlafen. Juan hatte verlegen das Thema Verhütung angesprochen und ob Mayumi die Pille nehmen würde. Das tat sie natürlich nicht und so hatte Juan zuerst geschwiegen und dann versprochen, dass er schon aufpassen würde.

Eine Fliege umschwirrte Juans Kopf und er erwachte. Noch benommen vom Schlaf wischte er sich über die Augen und sah zu Mayumi hinüber.

„Tut mir leid, dass ich eingeschlafen bin. Warum hast du mich nicht geweckt, Prinzessin?“

Mayumi lachte leise. Sie mochte es, wenn er sie so nannte. „Warum sollte ich? Du hast tief und fest geschlafen und ich mag es, einfach neben dir zu liegen und deine Gegenwart zu spüren.“

„Und was hast du in der Zeit gemacht? An was hast du gedacht?“

Mayumi schluckte. „An nichts Bestimmtes. Ich habe einfach vor mich hingeträumt.“

In Wirklichkeit hatte sie einmal mehr darüber nachgedacht, wie es wäre, mit Juan fortzugehen. In einigen Wochen käme ihre Mutter zurück und dann würde es wieder viel schwieriger sein, sich mit ihm zu treffen. Für ihre Mutter war Juan schließlich nur ein kleiner Angestellter, ein Indio und damit ein Mensch zweiter Klasse. Wenn sie wüsste, dass wir ein Paar sind, würde sie wahrscheinlich tot umfallen, dachte Mayumi. Mit ihrer Mutter über ihre Liebe zu Juan zu sprechen, war einfach undenkbar. Zudem hing immer noch das Damoklesschwert der Spanienreise über Mayumis Kopf. Ihr kaputtes Bein würde Silvia nicht ewig davon abhalten. Mayumi seufzte.

„Was ist denn, mein Herz? Hast du irgendwelchen Kummer?“, fragte Juan.

„Nein, nicht wirklich. Ich wünschte nur, meine Mutter würde länger wegbleiben. Vielleicht ein Jahr oder so?“

Mayumi und Juan lachten. Zärtlich zog er sie zu sich heran und küsste sie auf den Mund.

„So etwas sollte eine folgsame Tochter aber nicht denken ...“

„Ich bin keine folgsame Tochter. Und mir ging es noch nie so gut wie jetzt – wo sie weg ist.“

Mayumi zog einen Grashalm aus dem Rasen und strich Juan damit übers Gesicht. „Selbst mein Vater ist besser drauf, seitdem sie zur Kur ist. Er ist zwar immer noch die meiste Zeit des Tages außer Haus, aber wenn er mal da ist, redet er mit mir. Stell dir vor, letztens hat er sogar einen Scherz gemacht.“

Juan schüttelte ungläubig den Kopf. „Ich verstehe ihn nicht. Dein Vater zählt zu den reichsten Männern in Iquitos, er ist gesund, er hat ein prächtiges Haus, eine Familie und immer etwas zu essen. Wie kann er da nur so unzufrieden sein? Und dich so behandeln?“

„Keine Ahnung“, zuckte Mayumi mit den Schultern. „Ich kenne ihn nur so.“

Viel mehr als das Leben ihres Vaters beschäftigte sie, wie es mit ihr und Juan weitergehen sollte. Seit Silvias Unfall dachte sie wieder des Öfteren an den Vorschlag ihres Lehrers. Inzwischen schien er ihr sogar der einzige Ausweg aus ihrer Misere zu sein. Wenn sie in Lima studierte, könnte sie dort mit Juan fernab ihrer Eltern zusammenleben. Bestimmt bekäme Juan dort auch eine Stelle, er war schließlich ein hervorragender Gärtner und Cesar würde ihm ein gutes Zeugnis ausstellen. Die einzige Schwierigkeit bestand darin, Juan davon zu überzeugen, den Amazonas hinter sich zu lassen und mit ihr nach Lima zu gehen. Inzwischen war Mayumi jedoch zuversichtlicher, dass ihr dies gelingen würde. Juan liebte sie, davon war sie fest überzeugt. Und bis zum Ende ihrer Schulzeit würden schließlich noch einige Monate vergehen.

„Welche Pläne heckst du schon wieder aus, Prinzessin Mayumi? Ich sehe doch, wie es hinter deiner Stirn arbeitet.“ Juan kitzelte sie spielerisch, während Mayumi kreischend protestierte. Im nächsten Moment kam Daphne angelaufen. „Was ist hier los? Ich glaube, euch beiden geht es zu gut!“

Schuldbewusst versuchten Juan und Mayumi, ihr Lachen zu unterdrücken. „Uns geht es gar nicht gut, Daphne“, rief Mayumi. „Wir sind am Verhungern!“

Daphne stemmte die Hände in die Seiten und atmete tief durch. „Na gut, ihr habt's zwar nicht verdient, aber dann kommt. In der Küche hab' ich was zu essen für euch."

***

Die Wochen gingen ins Land und eines Morgens war es soweit. Mayumi saß mit ihrem Vater beim Frühstück, als er ihr mitteilte, dass Silvia in zwei Tagen wieder nach Hause käme. Mayumi blieb der Toast im Halse stecken.

„Schon so bald?", fragte sie mit tonloser Stimme.

Jeremy nickte. Dann wurde ihm bewusst, dass seine Tochter dies ja gar nicht sehen konnte. Er räusperte sich. „Ja, die Zeit ist schnell vergangen, nicht wahr? Und wir beide haben uns doch ganz gut vertragen, oder was meinst du?"

„Ja, Papa", antwortete Mayumi. Das Frühstück lag ihr mit einem Male wie ein Stein im Magen. „Ist sie denn schon wieder ganz gesund? Wir kämen ja noch eine Weile ohne sie klar, wenn sie sich noch etwas dort am Strand erholen möchte."

„Gewiss, Mayumi. Aber überleg mal, sie war fast drei Monate weg. Bestimmt vermisst sie dich sehr und freut sich auf zu Hause."

Mayumi war inzwischen speiübel. Sie stand auf. „Bitte entschuldige. Mir ist gerade nicht so gut, ich werde mich einen Moment hinlegen."

Mayumis Vater griff zur Zeitung und war froh, dass das Gespräch beendet war.

„Ja, meine Liebe, geh du nur. Hoffentlich hast du dir nicht irgendetwas eingefangen. Gute Besserung."

Sie schaffte es gerade noch bis zur Toilette, wo sie das gesamte Frühstück wieder erbrach. Zitternd lehnte sie sich anschließend gegen das Waschbecken und ließ kaltes Wasser über ihr Gesicht laufen.

Ihre Mutter kehrte heim. Sie hatte den Gedanken an Silvias Rückkehr immer wieder von sich geschoben und sich bis jetzt auch noch nicht getraut, Juan ein weiteres Mal zu fragen, ob er mit ihr nach Lima käme. Sie hatte einfach Angst, er würde ihren Vorschlag erneut ablehnen. Doch wenn ihre Mutter erst wieder zu Hause war, würde sich einiges ändern. Sie musste vorsichtig sein, wenn sie sich mit Juan traf. Silvia durfte nichts merken, sonst würde sie vielleicht auf die Idee kommen, so schnell wie möglich mit Mayumi nach Spanien zu reisen.

Es klopfte an der Tür. „Mayumi? Geht es dir gut? Hast du dich gerade übergeben?"

Daphne hatte ihre Ohren doch wirklich überall.

„Ja, aber es geht schon wieder besser." Mayumi verließ die Toilette und lächelte zaghaft.

Daphne schlug die Hand vor den Mund. „Mein Gott, Mayumi, du bist kalkweiß im Gesicht. Was ist denn bloß passiert?“

„Meine Mutter kommt wieder nach Hause. Übermorgen. Als mein Vater mir das erzählt hat, kam mir prompt das Frühstück wieder hoch.“

„Komm mit, wir gehen erstmal in dein Zimmer.“ Daphne nahm ihren Arm und stützte sie auf dem Weg in Mayumis Raum. Sie konnte nachfühlen, dass Mayumi sich nicht freute, dass ihre Mutter zurückkehrte, aber dass sogar ihr Körper mit einer solchen Abwehr reagierte, erschütterte sie doch.

„Leg dich ein paar Minuten hin, ich koche dir einen Tee.“ Ohne Widerrede ließ Mayumi sich auf ihr Bett sinken und war bereits eingeschlafen, als Daphne mit dem Tee zurückkehrte. Am Nachmittag erzählte sie Juan, dass ihre Mutter bald zurück sei und sie dann vorsichtig mit ihren Treffen sein müssten.

„Aber das verstehe ich doch, meine Prinzessin“, hatte Juan gesagt und sie in den Arm genommen. „Es wird nichts daran ändern, dass ich dich liebe. Wir werden einfach aufpassen und uns im Geheimen treffen.“

Erleichtert hatte Mayumi genickt und sich selbst Mut zugesprochen. Noch ein paar Monate, dann war sie mit der Schule fertig und würde ein neues Leben beginnen. Mit Juan. Eine andere Möglichkeit kam für sie gar nicht in Frage.

Obwohl sie sich inzwischen mit der Tatsache abgefunden hatte, dass Silvia am folgenden Tag wieder ihren Platz als Chefin im Haus einnehmen würde, kehrte das Gefühl der Übelkeit am nächsten Morgen zurück. Mit Mühe und Not schaffte Mayumi es, einen Toast zu essen, den sie kurz darauf aber wieder erbrach.

„Daphne, könntest du meinen Lehrer anrufen und den Unterricht für heute absagen? Ich glaube, ich habe mir einen Magen-Darm-Virus eingefangen und möchte ihn nicht anstecken."

„Sicher, das mache ich sofort. Am besten, du legst dich nochmal hin. Ich bin gleich zurück", antwortete Daphne und machte sich auf den Weg zum Telefon.

Nachdem sie zurückgekehrt war, musterte sie Mayumi mit nachdenklichem Gesichtsausdruck.

„Sag mal Mayumi, wann hattest du eigentlich zum letzten Mal deine Regel?"

„Keine Ahnung. Die kommt ja immer total unregelmäßig und ich merke mir das auch immer so schlecht."

Daphne schluckte. „Bist du schon einmal bei einem Frauenarzt gewesen?"

Die Antwort kam prompt. „Nein, warum sollte ich? Ich war doch noch nie krank."

Daphne schmunzelte. „Naja, man geht nicht unbedingt hin, weil man krank ist. Die meisten Mädchen in deinem Alter gehen irgendwann einmal hin, um sich untersuchen zu lassen. Ich denke, du solltest auch hingehen."

„Na gut, wenn du meinst. Ich kann meine Mutter deswegen fragen, sie kennt bestimmt einen Frauenarzt in Iquitos."

Daphne war an Mayumis Bett getreten und strich ihr über den Arm.

„Vielleicht sollten wir sie gar nicht damit belasten, wenn sie zurückkommt. Ich kann auch einen Termin für dich ausmachen. Ich sage dir dann Bescheid."

Mayumi nickte. „Mach, was du für richtig hältst."

Bevor Mayumi es sich anders überlegen konnte, ließ Daphne sich einen Termin für sie geben – noch am gleichen Tag.

Ihr war ein schrecklicher Verdacht gekommen und sie konnte nicht eher wieder ruhig schlafen, bevor sie Gewissheit hatte. Mit voller Absicht hatte sie einen Arzt ausgewählt, zu dem ihre Chefin nicht ging. Mindestens ebenso aufgeregt wie Mayumi saß Daphne einige Stunden später neben ihrem Schützling im Wartezimmer. Bevor Mayumi aufgerufen wurde, verlangte sie selbst, einmal kurz mit dem Arzt zu sprechen. „Ich werde ihm nur sagen, dass du nicht sehen kannst und noch nie bei einem Frauenarzt gewesen bist. Er soll vorsichtig mit dir umgehen", erklärte sie Mayumi.

Kurz nachdem Daphne von ihrem Arztgespräch zurückgekehrt war, bat eine Sprechstundenhilfe Mayumi um eine Urinprobe. 15 Minuten später wurde Mayumi aufgerufen. Daphne begleitete sie zur Untersuchung. Der Arzt stellte sich vor, maß den Blutdruck und erklärte, dass er gerne eine Ultraschalluntersuchung vornehmen würde.

„Warum?“, fragte Mayumi. „Bin ich denn krank? Oder wird das immer so gemacht?“

Der Arzt sah sie an und seufzte. „Immer nicht. Aber es sieht so aus, als wenn Sie schwanger wären, junge Dame. Jedenfalls hat der Urintest das ergeben.“

Mayumi sackten die Knie weg. Daphne eilte herbei und stützte sie. „Ich hab’s mir schon gedacht“, flüsterte sie kopfschüttelnd. „Was soll jetzt nur werden?“

Nach der Ultraschalluntersuchung teilte der Arzt ihnen mit, dass Mayumi im dritten Monat sei und alles gut aussehe. Sein Blick wanderte von einer Frau zur anderen. Beide waren aschfahl im Gesicht. Die alte Geschichte, dachte er. Ein ungewolltes Kind. Aber das war nicht sein Problem. Trotzdem tat das Mädchen ihm leid. Er hatte schon von der Familie Lopez gehört. Wer hatte das nicht? Die Familie war berüchtigt für ihr Geld, ihren Status und die blinde, wunderschöne Tochter, die als einzige Erbin der Kautschuk-Dynastie galt. So wie sich die beiden Frauen hier verhielten, dürfte der zukünftige Vater des Kindes wohl kaum als angemessener Ehemann in Frage kommen.

Der Arzt ordnete umständlich die Papiere auf seinem Tisch und dachte nach. Sollte er die Möglichkeit eines Schwangerschaftsabbruches ansprechen? Damit begab er sich auf dünnes Eis. Besser er hielt sich aus der Sache heraus.

„Du musst jetzt regelmäßig hierher zur Untersuchung kommen, Mayumi“, wandte er sich an das Mädchen. Sie saß regungslos auf einem Stuhl vor seinem Schreibtisch und wirkte völlig traumatisiert.

„Hast du verstanden, mein Kind?“, fragte er noch einmal nach.

Daphne antwortete für ihren Zögling. „Natürlich, Herr Doktor. Wir werden uns gleich einen Termin geben lassen.“

Nachdem sie die Praxis verlassen hatten, gingen Daphne und Mayumi schweigend nebeneinander her.

„Du hast es irgendwie gewusst, nicht wahr?“, fragte Mayumi nach einer Weile.

„Ich habe es geahnt. Und ich mache mir schreckliche Vorwürfe. Ich hätte dich damals nie zu Juan bringen dürfen. Aber ich konnte doch nicht ahnen, dass ihr miteinander schlafen würdet.“ Daphne strich sich über die Stirn. „Was sollen wir bloß machen? Deine Eltern werden mich umbringen.“

Mayumi nahm die Hand ihrer Kinderfrau und drückte sie. „Du hast keine Schuld, Daphne. Hab keine Angst, dir wird nichts geschehen. Ich muss nur erstmal nachdenken, was ich jetzt tun soll. Bitte erzähle vorerst niemanden davon. Versprichst du mir das?“

Daphne hielt den Atem an. Was hatte Mayumi jetzt wieder vor? Dann seufzte sie. Viel schlimmer konnte es eigentlich nicht mehr kommen.

„Gut, ich verspreche es dir. Das Baby ist erstmal unser Geheimnis.“

***

Zurück in ihrem Zimmer warf sich Mayumi aufs Bett und weinte hemmungslos. Es hatte sie ihre ganze Kraft gekostet, sich in Gegenwart des Arztes und Daphnes zusammenzureißen. Als der Arzt ihr gesagt hatte, dass sie schwanger sei, waren ihr tausend Gedanken gleichzeitig in den Kopf geschossen. Was würde Juan dazu sagen? Wie würden ihre Eltern reagieren? Was würde aus ihrem Traum von einem Studium in Lima werden? Diese Fragen waren nur einige gewesen, die sie seitdem pausenlos in ihrem Kopf wälzte.

Irgendwann versiegten die Tränen und Mayumi setzte sich auf. Es nützte nichts, sie brauchte einen Plan. Morgen würde ihre Mutter zurückkehren. Sie könnte mit ihr reden. Aber was würde dann passieren? Sie würde ausrasten und vermutlich dafür sorgen, dass das Kind abgetrieben würde. Kurz keimte der Gedanke in Mayumi auf, dass dies vielleicht die beste Lösung wäre. Sie könnte ihr Leben fortsetzen wie bisher und möglicherweise in Lima studieren. Aber ihr Baby töten? – Mayumi legte beide Hände auf ihren Bauch und dachte an das kleine Lebewesen, das darin heranwuchs. Es war ein Teil von ihr und von Juan. Es durfte nicht sterben.

Und wenn sie es Juan erzählte und noch heute Nacht mit ihm fortginge? Aber wohin sollten sie gehen? Sie besaßen beide kein Geld. Wovon sollten sie leben? Vermutlich würden sie von der Polizei gesucht werden und sie landete schneller wieder zu Hause, als ihr lieb war. Und Juan vielleicht im Gefängnis. Mayumi atmete tief durch. So gerne sie eher heute als morgen mit Juan fortgehen würde, es kam leider auch nicht in Frage. Schließlich fiel ihr nur eine Möglichkeit ein, wie es funktionieren könnte. Sie würde ihre Schwangerschaft vor allen verheimlichen, so lange es nur ging. Auch Juan sollte erstmal nichts erfahren, er würde sich nur unnötig Sorgen machen. Bisher wussten nur Daphne und der Arzt von dem Baby. Der Doktor war an seine ärztliche Schweigepflicht gebunden und Daphne würde zu ihr halten. Irgendwann wäre es zu spät für einen Abbruch der Schwangerschaft und sie würde das Kind bekommen müssen. Und dann mussten ihre Eltern eben auch akzeptieren, dass sie den Vater des Kindes liebte und mit ihm zusammenleben würde. Mayumi hob das Kinn und holte tief Luft. Ihr Plan würde gelingen. Dafür würde sie mit allen Mitteln kämpfen.

***

Blitze zuckten durch die tiefschwarze Nacht. Der Regen rauschte auf Iquitos und der Urwald dampfte. Juan saß zusammen mit seinem Freund Miguel in dessen ärmlicher Unterkunft in Belén. Seitdem Mayumis Mutter ins Haus zurückgekehrt war, konnte Juan seine Mayumi nicht mehr so oft sehen, wie sie beide es sich wünschten. Zunächst hatte sich Juan sogar Sorgen um Mayumis Gesundheit gemacht. Kaum war Silvia wieder da, klagte Mayumi über Unwohlsein und war manchmal leichenblass im Gesicht. Zum Glück ging es ihr jetzt besser. Ihre Wangen hatten wieder Farbe angenommen und Juan kam es so vor, als habe Mayumi sogar ein wenig zugenommen.
Heute erwartete die Familie Lopez Besuch und Mayumi musste beim Abendessen zugegen sein. Weil er nicht alleine bleiben wollte, war Juan zu Miguel herübergegangen. Die beiden Freunde aus Kindertagen sahen sich nur noch selten. Miguel war ein wenig eingeschnappt gewesen, weil Juan nicht mit ihm gegangen war, um ein paar Mädchen kennenzulernen.

Aber als Juan heute vor seiner Tür gestanden hatte, war er ihm dennoch um den Hals gefallen. Ein Freund blieb eben doch immer ein Freund.

„Du warst lange nicht zuhause im Dorf“, sagte Miguel.

Juan blickte unbehaglich zu Boden. „Ich weiß, aber ich habe das Gefühl, dass ich dort nicht mehr wirklich willkommen bin.“

„Der Streit mit deiner Mutter ist noch immer nicht beigelegt?“

Juan schüttelte den Kopf. „Wir haben keinen Kontakt mehr. Sie ist voller Hass wegen dieser uralten Familiengeschichte. Ich kann das einfach nicht mehr ertragen.“

Miguel nickte. „Kann ich verstehen. Früher habe ich dich immer darum beneidet, dass du eine Schamanin als Mutter hast. Immerhin hat Eliana echt einen Ruf. Und bei euch gab es immer genug zum Essen im Haus.“

Juan lachte. „Ja das stimmt. Und da du immer Hunger hattest ...“

Miguel stimmte in sein Lachen mit ein. Nach einer Weile wurde er wieder ernst. „Heute würde ich allerdings nicht mehr mit dir tauschen wollen. Meine Mutter hat mir einige ziemlich merkwürdige Dinge über Eliana erzählt.“

Juan merkte, wie sich eine Gänsehaut auf seinen Armen bildete. „Wirklich? Was denn zum Beispiel?“

„Seitdem du zum letzten Mal im Dschungel warst, nimmt sie sich kaum noch Zeit für die Kranken. Stattdessen beschwört sie die Geister. Es sind einige sonderbare Dinge in unserem Dorf passiert.“

Juan war sich nicht sicher, ob er diese Dinge überhaupt hören wollte. Aber sein Freund war bereits fortgefahren. „Erinnerst du dich an den großen Baum in der Mitte des Dorfes, unter dem wir als Kinder immer gespielt haben?“

Juan nickte.

„Er hat über Nacht alle Blätter verloren. Stell dir mal vor, jedes einzelne Blatt. Eines Morgens stand er völlig nackt und kahl da. Und deine Mutter saß im Schneidersitz an seinem Stamm und sang mit geschlossenen Augen irgendein Zeugs vor sich hin.“

Miguel hatte sich in Fahrt geredet. „Nur einen Tag später wurde ein toter Flussdelfin direkt beim Dorf ans Ufer gespült. Er sah völlig gesund aus. Ich frage mich, was ihn dazu gebracht hat, ausgerechnet bei uns zu sterben?“

Miguel sah seinen Freund an und schüttelte den Kopf. „Das ist doch völlig verrückt, oder? Ich wette, das war auch deine Mutter. Das Böse hat von ihr Besitz ergriffen. Alle Dorfbewohner fürchten sich inzwischen vor ihr.“

Juan schluckte. „Das ist wirklich merkwürdig. Aber vielleicht gibt es ganz natürliche Erklärungen dafür. Es muss nichts mit meiner Mutter zu tun haben.“

„Ach, das glaubst du doch selber nicht. Sie ist die größte Schamanin weit und breit hier am Amazonas. Ich bin überzeugt, dass sie mit den Geistern reden kann. Und du hast selbst gesagt, dass sie die Vergangenheit nicht ruhen lassen kann.“

„Aber das ist doch nicht meine Schuld, Miguel! Warum erzählst du mir das alles?“

Erneut erhellte ein Blitz den nachtschwarzen Himmel und der Donner folgte nur Sekundenbruchteile später. Die beiden jungen Männer zuckten vor Schreck zusammen.

„Weil du Schuld daran hast, Juan. Du liebst die Enkelin jenes Mannes, der deine Familie ins Unglück gestürzt hat. Wann kommst du endlich zur Vernunft und trennst dich von ihr?“

Juan schüttelte den Kopf. „Wir leben nicht mehr im Mittelalter, Miguel. Es ist allein unsere Sache, wenn wir uns lieben. Da lasse ich mir weder von meiner Mutter noch von dir reinreden.“

Miguel sah seinen Freund an und zuckte mit den Schultern. „Ich will nur dein Bestes, Juan, und wollte dich warnen. Deine Mutter wird niemals aufgeben. Sie verflucht die Familie Lopez. Wenn du ihr nicht den Rücken kehrst, wird etwas Schreckliches passieren.“

***

Das Treffen mit Miguel hatte Juan mehr zugesetzt, als er sich eingestehen mochte. Während er in den Gärten der reichen Peruaner arbeitete, den Rasen mähte, Blumenbeete vom Unkraut befreite und Sträucher pflanzte, dachte er viel an seine Familie im Regenwald. Er liebte und vermisste seine Geschwister, seine vielen Neffen und Nichten. Und natürlich tat es ihm im Herzen weh, dass er seit Monaten keinen Kontakt mehr zu seiner Mutter hatte. Aber er hatte sich nun mal für Mayumi entschieden. Er verbot sich zwar selbst, Zukunftspläne mit ihr zu schmieden. Dass ihre Eltern ihn jemals als Ehemann für ihre Tochter akzeptieren würden, war so unwahrscheinlich wie fliegende Elefanten. Aber Mayumi liebte ihn, dessen war er sich hundertprozentig sicher. Und vielleicht hatten sie beide ja doch eine Chance. Im Moment genoss er einfach nur jede Minute, die er mit Mayumi verbringen konnte. Und diese Zeit wollte er sich von seiner Mutter nicht kaputtmachen lassen. Sollte sie doch mit den Geistern reden und Blätter von Bäumen regnen lassen, er würde nicht in sein Dorf zurückkehren.

Mit einem Ruck hob er den Sack mit Unkraut hoch und warf ihn sich über den Rücken. Für heute war er mit seiner Arbeit fertig. Am Abend würde er Mayumi sehen und er hatte sich eine Überraschung für seine Liebste ausgedacht. Bestimmt würde sie sich freuen. Ein Lächeln breitete sich auf seinem Gesicht aus, als er an seine Verabredung mit Mayumi dachte.

Sie trafen sich am Eingangstor der Villa. Jetzt, am frühen Abend, versprühten die tropischen Gewächse im Garten der Lopez ihren Duft am intensivsten. Juan atmete tief ein und hob den Blick, als sich das Eingangstor öffnete.

Mayumi hatte sich fein gemacht. Sie trug ein korallenrotes Hängerkleid und hatte eine Kette aus winzigen, perlmuttfarbenen Muscheln angelegt. Obwohl er sie nun schon so lange kannte, verschlug es ihm einmal mehr die Sprache, wie schön Mayumi war.

„Juan, bist du da?“, fragte sie etwas außer Atem.

„Hier bin ich, meine Prinzessin.“ Juan legte den Arm um sie und hauchte ihr einen Kuss hinters Ohr. Ihr Parfum duftete nach Maiglöckchen. Am liebsten hätte er ihr gleich hier und jetzt einen richtigen Kuss gegeben, aber das war zu gefährlich. Nach wie vor achteten sie darauf, dass niemand, außer Daphne, von ihrer Beziehung erfuhr. Zu groß war die Gefahr, dass er seinen Job verlöre und Mayumis Eltern ihr den Kontakt zu ihm verbieten würden.

„Wohin gehen wir heute?“ Mayumis Stimme klang unternehmungslustig.

„Das ist eine Überraschung. Halt dich einfach dicht neben mir, wir gehen nicht weit."

Nach ein paar Minuten hatten die beiden das Ufer des Flusses erreicht. Das kleine Holzboot lag genau an der Stelle, die er mit Miguel vereinbart hatte. Er half Mayumi ins Boot, schob es ins Wasser, sprang hinterher und ließ den Motor an. Wenige Minuten später fuhren sie über den Amazonas und ließen die Häuser von Iquitos hinter sich. Mayumi genoss den Fahrtwind und ließ ihre Finger durchs Wasser gleiten. Ihre langen Haare flatterten im Wind und Juan wünschte sich, er könnte einfach mit ihr fortfahren und niemals zurückkommen.

Nach einer Weile steuerte er das Boot an ein einsames Ufer, das einen kleinen Sandstrand besaß. Er half Mayumi aus dem Boot und schulterte einen Beutel, den er zuvor im Boot versteckt hatte. Daraus zauberte er eine saubere Decke, eine Flasche Wein und einige Pasteten hervor, die ihm Daphne geschenkt hatte.

Mayumi strahlte. „Juan, was für eine wunderschöne Idee. Das müssen wir unbedingt öfters machen."

„Ich dachte, es wäre schön, mal wieder unbeobachtet zu sein. Seitdem deine Mutter zurück ist, bleibt uns nicht viel gemeinsame Zeit."

Er reichte ihr ein Glas Wein und stieß mit ihr an. „Auf uns, Mayumi. Du bist der wichtigste Mensch der Welt für mich, weißt du das?"

Das Mädchen lächelte. „Und du bist mein wichtigster Mensch, Juan. Ich möchte nie mehr ohne dich sein."

Mit einem zufriedenen Seufzen legte sich Mayumi auf die Decke und streckte sich aus. Juan betrachtete ihr entspanntes Gesicht und ließ seinen Blick über ihren Körper wandern. Er hatte sie nicht mehr nackt gesehen, seitdem Silvia zurück war. Nun fiel ihm auf, dass sich unter dem dünnen Stoff ihres Kleides ein kleines, aber nicht zu übersehendes Bäuchlein abzeichnete. Seltsam, die seltenen Male, bei denen sie zusammen aßen, pickte Mayumi wie ein kleines Vögelchen an den Speisen herum. Ihre Arme und Beine waren so zart wie eh und je. Juan runzelte die Stirn. Die Sache mit dem Bäuchlein kam ihm merkwürdig vor. Als er seine Hand auf die Wölbung legte, fuhr Mayumi wie von der Tarantel gestochen hoch. Sie stieß seine Hand beiseite.

„Was machst du denn da?"

„Nichts. Ich wollte dich nur streicheln."

„Aber ... aber nicht dort." Mayumis Stimme klang panisch.

„Wieso nicht? Was hast du denn auf einmal?" Juan verstand die Welt nicht mehr.

Jetzt liefen auch noch Tränen an Mayumis Wangen hinab.

„Juan, ich muss dir etwas sagen. Es tut mir leid, ich hätte es längst tun sollen ..."

Ihre Stimme zitterte. Und ihre nächsten Worte ließen ihm das Blut in den Adern gefrieren.

„Juan, wir bekommen ein Baby."

Sie drückte seine Hand. „Ich weiß, dass es nicht einfach wird, aber wir werden es schaffen, nicht wahr?"

Er starrte Mayumi an und hoffte, dass er sich verhört hätte. Aber ein weiterer Blick auf ihren Bauch bestätigte nur ihre letzten Worte. Wieso hatte er nichts gemerkt? Wie hatte das nur passieren können?

Das Rauschen des Flusses, die Rufe der Urwaldvögel in den Bäumen – Juan nahm nichts mehr davon wahr. Er dachte nur noch an die letzten Worte Miguels vor wenigen Tagen. „Ich glaube, deine Mutter hat auch dich verflucht, Juan. Gib acht auf dich und Mayumi. Etwas Schreckliches wird geschehen ..."

„Juan, wir schaffen es, oder?" Mayumi hatte ihre Frage wiederholt, nachdem er nicht geantwortet hatte.

Er holte tief Luft. Was sollte er ihr antworten? Mayumi war die Liebe seines Lebens. Was auch immer geschah, nichts könnte ihn davon abhalten, sie zu lieben.

„Wir schaffen es Mayumi."

Sie lächelte. „Was auch immer passieren wird, wir bleiben auf ewig zusammen, Juan. Versprichst du mir das?"

Er nahm ihre Hand und küsste sie. „Versprochen, Mayumi. Wir bleiben zusammen. Auf immer und ewig.“

Ankunft in Nauta

Louisa, 2018, auf der *Amazon Queen*

„Louisa, kommst du noch mit an die Bar, einen trinken?“

Wortlos starrte ich Alex und Jonas an und konnte es nicht fassen. Waren die irre? Mitten in der Geschichte von Juan und Mayumi waren sie an unseren Tisch gekommen und hatten einfach unser Gespräch unterbrochen.

Mayumi und Juan zuckten lächelnd die Schultern. „Geh nur, Louisa. Du erfährst den Rest der Geschichte ein anderes Mal.“ Damit erhoben sich die beiden und entfernten sich zügig aus dem Restaurant. Ich war stinksauer. Zum einen wollte ich unbedingt wissen, wie es in ihrer Geschichte weiterging, und zum anderen hatte ich überhaupt keine Lust dazu, den Abend mit den Jungs an der Bar zu verbringen.

„Nein danke, ich gehe ins Bett“, antwortete ich patzig und ignorierte die erstaunten Blicke der beiden.

„Okay, schade. Na, dann gute Nacht“, sagte Alex, während Jonas verständnislos den Kopf schüttelte und seinem Kumpel folgte.

Ich stand zähneknirschend auf und begab mich noch auf einen Rundgang über das Schiff. Vielleicht würde ich Juan und Mayumi ja noch auf dem Außendeck treffen, aber sie waren offensichtlich auf ihre Kabine gegangen. Ich blieb noch eine Weile an der Reling stehen und blickte in den Dschungel. Der Kapitän hatte die *Amazon Queen* irgendwo in the middle of nowhere angelegt. Es war stockduster. Nur der Mond warf sein silbriges Licht auf den dichten Urwald am Fluss. Leise schwappten die Wellen an die Bordwand des Schiffes. Die Frösche gaben ein Balzkonzert zum Besten, das es in sich hatte. Was für eine Welt, dachte ich zum hundertsten Mal, seitdem ich auf diese Amazonaskreuzfahrt gegangen war. Nur wenige Tage im Dschungel hatten dazu geführt, dass mein Leben in Deutschland in weite Ferne gerückt war. Ich dachte kaum noch an meine Berufspläne oder daran, wie meine zukünftige Wohnung mal aussehen würde. Zum ersten Mal lebte ich einfach von einem Tag in den nächsten, im Hier und Jetzt. Und ich fühlte mich ganz wohl dabei.

Aus der Bar drang lautes Gelächter nach draußen. Offenbar hatten Alex und Jonas noch ein paar Leute zum Feiern gefunden. Ich hoffte, dass mich niemand sah und verdrückte mich auf meine Kabine. Schlaf fand ich allerdings erst spät in der Nacht. Wirre Träume ließen mich immer wieder erwachen. Schließlich schien die Sonne schon hell in meine Kabine, als ich am nächsten Morgen mit einem Ruck im Bett hochfuhr. Ich sah auf meine Armbanduhr und stieß einen Fluch aus. Neun Uhr, ich hatte verschlafen. Dann fiel mir ein, dass heute zum Glück kein Ausflug auf dem Programm stand. Ich blickte aus dem Fenster und sah, dass wir in einer Stadt angelegt hatten. Das Schiff musste am frühen Morgen losgefahren sein und hatte inzwischen Nauta erreicht. Ich erinnerte mich, dass hier ein Passagierwechsel stattfinden sollte. Einige Leute würden die *Amazon Queen* verlassen, neue Gäste würden dazukommen. Alle Weiterfahrer hatten die Gelegenheit, Nauta auf eigene Faust zu erkunden.

Da niemand auf mich warten musste, entspannte ich mich ein wenig. Ich duschte kurz, zog Jeans und eine Bluse an und schlenderte zum Frühstücksraum hinüber.

Die meisten Passagiere hatten bereits gefrühstückt. Alex und Jonas standen gerade vom Tisch auf und wollten gehen.

„Hey Louisa, schön, dass wir uns noch von dir verabschieden können“, rief Alex, als er mich sah.

„Wieso verabschieden? Fahrt ihr denn nicht bis Iquitos weiter?“ Ich hatte damit gerechnet, dass sie die gleiche Tour wie ich gebucht hatten.

„Nee, unser Budget reichte nur für die kurze Reise. Wir fahren mit dem Bus über Land nach Iquitos und dann geht es direkt zum Flughafen“, sagte Alex.

„Deswegen wollten wir ja auch gestern mit dir noch ein Abschiedsbier trinken“, warf Jonas ein. Er schien wohl immer noch beleidigt, weil ich nicht in die Bar gekommen war. „Das tut mir leid, ich hatte nicht damit gerechnet, dass ihr heute von Bord geht“, murmelte ich. Die beiden Jungs schienen nicht die Einzigen zu sein, die ausstiegen. Ein Blick aus dem Fenster offenbarte, dass etliche Gäste ihre Koffer auf den Steg hievten. Ein mulmiges Gefühl beschlich mich. Was, wenn auch Mayumi und Juan zu denen gehörten, die schon abreisten?

„Sagt mal, habt ihr heute Morgen das junge Paar gesehen, das immer bei mir am Tisch saß?“

Alex und Jonas sahen mich an, als ob ich nicht bei Trost sei.

„Was für ein Paar?“

So blöd konnte man doch wirklich nicht sein, dachte ich. „Na, die beiden Peruaner. Die hübsche Frau mit den langen Haaren und ihr Mann.“

„Sorry, aber ich weiß nicht, wen du meinst. Ich habe dich immer nur alleine gesehen, Louisa“, antwortete Jonas.

„Wir wären gerne an deinen Tisch gekommen, aber du wolltest ja nicht“, fügte Alex hinzu.

Jetzt schwante mir, woher der Wind wehte. Das war offensichtlich die Retourkutsche dafür, dass ich meine Abende lieber mit Mayumi und Juan verbracht hatte als mit ihnen. Innerlich kochte ich vor Wut, aber ich bemühte mich, mir nichts anmerken zu lassen. Diese Idioten würden ja nun sowieso von Bord gehen. Und Mayumi und Juan würden garantiert nicht einfach abreisen, ohne sich von mir zu verabschieden.

„Naja, macht ja nichts“, lächelte ich die beiden Jungs an und hielt ihnen zum Abschied die Hand hin. „Ich werde sie schon noch finden. Und euch wünsche ich eine gute Heimreise. Und sowieso: Viel Glück für die Zukunft!“

„Ja, danke. Das wünschen wir dir natürlich auch“, antwortete Jonas verdattert. Alex starrte mich immer noch an, als sei ich frisch aus der Irrenanstalt gelaufen.

„Tschüss dann“, nickte ich und wandte mich zum Gehen.

Was für Idioten. Kerzengerade verließ ich den Frühstücksraum, der Hunger war mir vergangen.

Auf dem gesamten Schiff herrschte reger Betrieb. Gäste gingen, neue kamen an. Die Crew war hektisch damit beschäftigt, die Kabinen für die Neuankömmlinge zu säubern. Ich spazierte durch die Gänge und versuchte, Einblicke in die Kabinen zu erhaschen. Schließlich hatte ich einschließlich der Lounge und des Sonnendecks sämtliche Bereiche inspiziert, ohne Mayumi und Juan gefunden zu haben. Enttäuscht machte ich mich auf die Suche nach Pedro.

Ich fand ihn auf der kleinen Brücke, wo er zusammen mit unserem Kapitän eine Liste durchging.

„Pedro, kann ich dich eine Minute sprechen?“

Er lächelte mich kurz an und sagte „Natürlich. Brauchst du noch einen Tipp für Nauta? Du solltest die Gelegenheit nutzen und dir die Stadt noch ein wenig ansehen, bevor wir weiterfahren.“

„Ja, danke, das mache ich bestimmt. Aber ich bin auf der Suche nach zwei Gästen. Mayumi und Juan. Hast du sie vielleicht irgendwo gesehen?“

Pedro blickte ratlos hoch und kratzte sich am Kopf. „Die Namen sagen mir jetzt nichts. Aber wie du weißt, haben wir ja heute Passagierwechsel und da ist der Teufel los, selbst auf einem so kleinen Schiff wie dem unseren.“

Bevor Pedro weiterreden konnte, kam einer der Matrosen angelaufen und zupfte ihn am Hemd. Offensichtlich gab es etwas Dringendes zu besprechen. Pedro zuckte bedauernd mit den Schultern. „Du siehst ja, wie es hier zugeht. Tut mir leid, Louisa.“

Ich nickte enttäuscht. „Ist schon gut. Ich werde sie bestimmt noch finden.“

Und so begab ich mich auf eine zweite Runde über das Schiff, die genauso ergebnislos verlief wie die erste.

Was soll’s, dann schaue ich mir eben Nauta an, überlegte ich schließlich. Ich kehrte zu meiner Kabine zurück, schnappte mir Geld, Handy und Sonnenbrille und verließ kurz darauf das Schiff. Während ich über die schmale Gangway an Land ging, kam mir der Gedanke, dass Mayumi und Juan vermutlich die Gelegenheit genutzt hatten, an Land zu gehen, weil es heute viel einfacher für Mayumi war, das Schiff zu verlassen. Ich schüttelte über mich selbst den Kopf. Warum war ich bloß nicht gleich darauf gekommen?

Bereits weitaus besser gelaunt, begann ich meinen Spaziergang durch Nauta. In einer belebten Straße mit vielen Marktständen sah ich vor mir ein Paar, das Hand in Hand daher bummelte. Sie sahen aus wie Juan und Mayumi. Ich spurtete zwischen den anderen Leuten hindurch und versuchte, die beiden einzuholen. Doch als ich sie fast erreicht hatte, waren sie auf einmal spurlos verschwunden. Schwer atmend blieb ich stehen und sah mich um. Waren die beiden in einen der kleinen Läden gegangen? Da klingelte mein Handy. Ich zuckte zusammen, denn meinen Klingelton hatte ich nun schon seit Tagen nicht mehr gehört, da wir ja nie Empfang gehabt hatten. Ein Blick aufs Display ließ mein Herz schneller schlagen. Es war Ramon. Und noch während ich auf seine Nummer starrte, trafen etliche Nachrichten über verfehlte Anrufversuche ein. Alle waren von Ramon. Mit zittrigen Fingern nahm ich den Anruf entgegen.

„Hallo? Hier ist Louisa!“

„Madre mia! Na, endlich!“ Ramons Stimme klang erleichtert, warmherzig. Meine Knie wurden weich.

„Ich habe tausendmal versucht, dich zu erreichen, Louisa. Wie geht es dir? Ich habe mir Sorgen um dich gemacht.“

Er hatte sich um mich gesorgt? Ich strahlte und atmete erstmal tief durch.

„Tut mir leid, aber ich hatte die ganze Zeit keinen Handyempfang. Erst jetzt ging es wieder. Aber mir geht es gut. Wir sind gerade in Nauta angekommen.“

„Okay. Ich bin froh, dass es dir gut geht. Ich musste viel an dich denken in den vergangenen Tagen.“

„Wirklich?“ Ich wusste nicht, was ich sagen sollte. Ich war so aufgeregt, seine Stimme zu hören, froh, dass er mich nicht vergessen hatte, und verwirrt, weil ich mir doch vorgenommen hatte, ihn aus meinem Kopf zu streichen.

Ramon schmunzelte und ich konnte förmlich hören, wie er den Kopf schüttelte.

„Ja, wirklich. Ich weiß nicht, was du mit mir gemacht hast, aber seit unserer Begegnung ist alles anders. Ich muss dich unbedingt wiedersehen, Louisa.“

Ich schluckte. „Das würde ich auch gerne“, hörte ich mich sagen. Hatte ich nicht erst vor Kurzem ganz rational überlegt, dass ein Freund, der rund zehntausend Kilometer von Deutschland entfernt lebte, schlichtweg untragbar war? Und dazu noch einer, der das Zeug dazu hatte, mir das Herz zu brechen?

„Ich bin noch zwei Tage auf der *Amazon Queen* unterwegs. Dann komme ich wieder in Iquitos an. Soll ich dich dann anrufen?“

„Auf jeden Fall.“ Ramons Stimme klang ruhig und bestimmt. Ich konnte mir gut vorstellen, dass er in einem Gerichtssaal eine beeindruckende Wirkung hatte.

„Und pass auf dich auf. Halte dich von Anakondas, Flussdelfinen und Männern fern.“

Ich grinste. „Und denk zwischendurch mal an mich“, fügte er hinzu, bevor er sich verabschiedete.

Plötzlich sah die Welt anders aus. Die ärmlich gekleideten Peruaner in Nautas Straßen wirkten nun freundlich und zufrieden, die Früchte auf den Marktständen dufteten süßer und der Himmel wirkte irgendwie blauer als sonst. Ich steckte mein Handy weg und spazierte pfeifend durch die Gegend. Als ich ein kleines Café entdeckte, setzte ich mich hinein, bestellte einen Cappuccino und beobachtete das Treiben auf der Straße.

Wieso war ich auf einmal so gut gelaunt? Versonnen schleckte ich den Cappuccino-Schaum vom Löffel und wunderte mich über mich selbst. Ein Anruf und zack – die Sonne lachte. Hatte ich mich wohlmöglich wirklich verliebt? Nachdem ich dieses Gefühl bisher nur vom

Hörensagen kannte, fragte ich mich, ob es mich nun doch noch erwischt hatte.

Ramon spukte durch meinen Kopf wie ein Wirbelwind. Er gab mir das Gefühl, als sei er nur für mich auf der Welt. Um mich zu beschützen. Was für ein Quatsch, schalt ich mich selbst. Du kennst den Mann kaum, er wohnt viel zu weit weg und überhaupt ... Er würde mich garantiert irgendwann verlassen. Seufzend legte ich das Geld für den Kaffee auf den Tisch und verließ das Café. Kommt Zeit, kommt Rat, dachte ich. Erstmal würde ich dieses ungewohnte und wunderschöne Gefühl ein wenig genießen.

Dunkle Stunden

Louisa, 2018, unterwegs nach Iquitos

Als ich zur Dinnerzeit den Speisesaal der *Amazon Queen* betrat, sah ich fast ausnahmslos fremde Gesichter an den Tischen. Lediglich meine kanadischen Vogelfreunde saßen weiterhin beim Essen. Von Juan und Mayumi keine Spur. Ich beschloss, mich erstmal allein an den letzten freien Tisch zu setzen. Vielleicht kamen die beiden ja noch. Ich konnte mir nicht vorstellen, dass sie einfach von Bord gegangen waren, ohne sich von mir zu verabschieden.
Die Amazon Queen hatte Nauta am Nachmittag verlassen und schipperte nun auf dem Marañón in Richtung Iquitos. Auch in den nächsten beiden Tagen standen wieder Tierbeobachtungen und Ausflüge in den Regenwald auf dem Programm. Ich bestellte mir ein Glas Wein und holte mir Essen vom Büfett. Immer wieder sah ich zur Tür, doch meine Freunde ließen sich nicht blicken. Als Miguel, der für die Abrechnungen an Bord zuständig war, durch den Speisesaal lief, hielt ich ihn auf und fragte, ob eine Nachricht für mich hinterlegt worden sei. Er lächelte und schüttelte den Kopf. „Keine Nachricht. Tut mir leid."

Dann war es wohl amtlich. Mayumi und Juan hatten das Schiff in Nauta verlassen und es nicht für nötig erachtet, sich von mir zu verabschieden. Ich war maßlos enttäuscht. Obwohl wir uns nur so kurz kannten, hatte ich die beiden ins Herz geschlossen. Und das sollte etwas heißen, denn schließlich ging ich nie besonders schnell Freundschaften ein. Aber bei Juan und besonders bei Mayumi war es anders gewesen. Die Gespräche mit ihnen waren für mich die Highlights eines jeden Tages gewesen. Ich hatte mitgefiebert, wenn Mayumi von ihrer Kindheit und Jugend erzählt hatte und ich hatte ihr auch einiges aus meinem eigenen Leben erzählt, das ich Fremden sonst nie anvertrauen würde. Wir alle drei waren von Anfang an auf einer Wellenlänge gewesen.

Und nun waren sie spurlos verschwunden. Sie hatten sich weder verabschiedet noch eine Adresse für mich hinterlassen. Missmutig lehnte ich mich auf meinem Stuhl zurück und nahm einen Schluck Wein.

Wahrscheinlich hatte ich mir nur eingebildet, dass sie mich mochten. Vielleicht hatten sie sich sogar über mich amüsiert, wenn sie alleine waren? Je mehr ich über unser Verhältnis nachgrübelte, umso schlechter ging es mir. Tief im Inneren fühlte ich mich noch immer wie die Siebenjährige, die von ihrem Klassenkameraden erfahren hatte, dass niemand sie haben wolle. Gerade als ich aufstehen und mich auf meine Kabine begeben wollte, kam Pedro in den Speisesaal. Er begrüßte die neuen Gäste und präsentierte die Ausflüge für den morgigen Tag. Wir würden einmal mehr mit den Booten hinausfahren und die Tiere des Dschungels beobachten. Am Nachmittag stand der Besuch eines kleinen Dorfes auf dem Programm.

„Wie wär's mit einem Cocktail, Louisa?“, Debby, die kanadische Vogelkundlerin, hatte mir auf die Schulter getippt. Ihr Mann zwinkerte mir zu und nickte zustimmend.

„Na gut, einer kann nicht schaden“, erwiderte ich und verbrachte die nächste Stunde mit Gesprächen über kleine, große und mittelgroße Vögel an der Bar.

Obwohl der Regenwald uns auch in den folgenden beiden Tagen eine Fülle von Eindrücken lieferte, war ich nicht bei der Sache. Zum einen wurmte es mich immer noch, dass ich mich so in Mayumi und Juan getäuscht hatte, und zum anderen musste ich fast ununterbrochen an Ramon denken. Jedes Mal, wenn er mir in den Sinn kam, schlug mein Herz schneller und ich fühlte eine grenzenlose Sehnsucht danach, in seine Arme zu sinken. Doch dann kamen die Zweifel. Was, wenn er es gar nicht ernst meinte? Wenn er mich – genau wie Mayumi und Juan – nur als flüchtige Bekanntschaft sah? Schließlich kannte ich ihn doch gar nicht. Mit seinem blendenden Aussehen war er vielleicht der größte Casanova von Iquitos.

Wie gerne hätte ich jetzt mit Mayumi über ihn geredet. Oder mit meiner Mutter in Hannover. Aber mein Handy zeigte nach wie vor keinen Empfang an und so blieb ich allein mit meinen Gedanken und meinen Ängsten.

Es war später Nachmittag, das heutige Ausflugsprogramm war beendet und die *Amazon Queen* fuhr in ruhigem Tempo über den breiten Amazonas. Der Fahrtwind streichelte meine Haut, während ich in einer der Hängematten auf dem Oberdeck hin und her schaukelte. Morgen früh würden wir Iquitos erreichen, dort hatte ich noch zwei Hotelübernachtungen gebucht und dann ging es wieder nach Hause.

Ich schloss die Augen und stellte mir den gepflegten Bungalow meiner Eltern vor. Mein Zuhause. Dorthin hatte ich mich zurückgezogen, wenn mir mal wieder alles zu viel geworden war. Wenn andere mich wegen meines fremdländischen Aussehens von oben bis unten musterten. Wenn mich manche gar ansprachen, aus welchem Teil der Welt ich denn käme. Oder wo meine Eltern mich aufgelesen hätten.

Hier in Peru war ich eine unter vielen. Ich fiel vielleicht auf, weil ich ein hübsches Gesicht, eine gute Figur und schöne Haare hatte, aber nicht, weil ich anders aussah als die Menschen hier. Nie, nie im Leben hatte ich nach Peru kommen wollen. Und nun war ich hier – und mein Leben war auf den Kopf gestellt.

Ich öffnete die Augen und blickte über die Reling. Am Horizont ging die Sonne unter und tauchte den Himmel über dem Amazonas in glühende Farben. Kein

Künstler auf der ganzen Welt hätte ein schöneres Gemälde malen können. Für kurze Zeit leuchtete der Himmel noch in Pastellrosa und dunklem Violett, bevor sich die Nacht über den Regenwald senkte.

Kein Zweifel: Obwohl ich hier eine Fremde war, fühlte ich mich zu Hause. War das ein Zeichen? Sollte ich vielleicht doch versuchen, etwas über meine wahre Herkunft herauszufinden? Meine Mutter hatte im Laufe der Jahre mehrfach versucht, mit mir darüber zu reden. Aber ich hatte jedes Mal abgeblockt. Meine biologischen Eltern waren mir schnuppe, ich wollte nichts über sie hören. Und so wusste ich heute rein gar nichts darüber, woher in Peru ich stammte, wer meine Eltern waren, ob ich Geschwister oder andere Verwandte hatte. Ich fragte mich, was die Informationen über meine biologischen Eltern mit mir machen würden. Würde ich sie treffen wollen? Würde ich mich dann ständig hin- und hergerissen fühlen zwischen Deutschland und Peru? Könnte es etwas an dem Verhältnis zu meinen richtigen Eltern ändern? Mit richtigen Eltern meinte ich natürlich Mama und Papa in Hannover. Sie hatten mich aufgezogen, sie hatten mir ihre Liebe geschenkt und waren immer für mich da gewesen. Bessere Eltern hätte ich mir überhaupt nicht wünschen können. Und so wusste ich noch in dem Moment, in dem ich mir selbst die Frage stellte, dass nichts auf der Welt der einzigartigen Beziehung zu meiner Mutter und meinem Vater etwas anhaben könnte.

„Also, Louisa, warum eigentlich nicht?“, sprach ich leise zu mir selbst. „Es ist an der Zeit, dass du dich deiner Vergangenheit stellst.“

Rendezvous mit Ramon

Louisa, 2018, Iquitos

Wir erreichten Iquitos um die Mittagszeit. Ich hatte allen Crewmitgliedern ein großzügiges Trinkgeld gegeben und mich etwas wehmütig ein letztes Mal in meiner Kabine umgesehen. Die vergangenen Tage auf der *Amazon Queen* hatten mein Leben ordentlich durcheinandergebracht. Ich würde sie nie vergessen, doch nun lag vielleicht ein noch spannender Abschnitt vor mir. Ich hatte in der letzten Nacht vor Aufregung kaum geschlafen. Entweder dachte ich voller Vorfreude und Zweifel an mein Wiedersehen mit Ramon oder an meinen Plan, meine Vergangenheit in Peru zu recherchieren.

Mit einem sanften Ruck legte die *Amazon Queen* am Anleger an. Die Crew befestigte das Schiff mit dicken Tauen am Steg und holte zum letzten Mal auf meiner Fahrt die Gangway heraus.

Ich verabschiedete mich von Pedro und meinen kanadischen Freunden, bevor ich mitsamt Koffer die Treppe zur Straße hinauf schnaufte. Oben angekommen, winkte ich ein Tuktuk heran und nannte dem Fahrer das Ziel. Ich würde auch diesmal wieder im Hilton absteigen.

Ich hatte Ramon zwar versprochen, mich als Erstes bei ihm zu melden, wenn ich wieder in Iquitos war, doch vorher musste ich einen anderen Anruf hinter mich bringen.

Hier war es früher Nachmittag, zu Hause in Hannover begann gerade die Tagesschau. Ich griff zum Handy.

„Hallo Mama, hier ist Louisa. Wie geht es euch?"

„Louisa! Was für eine Überraschung! Hier ist alles in Ordnung. Aber sag schon, wie geht es dir? Bist du noch auf deiner Flussreise?"

Ich hörte der Stimme meiner Mutter an, dass sie strahlte. Bestimmt war sie froh, endlich wieder von mir zu hören, nachdem ich so lange keinen Empfang gehabt hatte.

„Nein, ich bin gerade von der *Amazon Queen* zurück. Es war wunderschön, Mama. Ich kann euch gar nicht genug danken, dass ihr mir diese Reise ermöglicht habt."

„Ach, papperlapapp. Das hast du dir mehr als genug verdient. Du hast so fleißig für dein Studium gelernt. Papa und ich sind total stolz auf dich. Und ich bin schon so gespannt darauf, was du von deiner Reise erzählst, wenn du wieder zu Hause bist. Lange dauert es ja nicht mehr!"

„Ja, das stimmt. Ich freue mich auch auf euch. Zwei Tage bleibe ich noch in Iquitos, dann geht's wieder zurück."

Sollte ich jetzt davon anfangen oder es einfach lassen? Ich atmete tief durch und gab mir einen Ruck.

„Sag mal Mama, kann ich dich etwas fragen?“

Meine Mutter stutzte kurz. „Na klar, schieß los.“

„Ich weiß, ich wollte nie etwas über die Umstände wissen, wie ihr mich damals adoptiert habt und woher ich eigentlich stamme, aber jetzt ...“

Ich legte eine Pause ein und suchte nach den passenden Worten.

„... jetzt würde ich es doch gerne wissen. Irgendwie hat diese Reise mich dazu gebracht, keine Ahnung, ob es richtig ist oder nicht.“

Nun war es meine Mutter, die einen Moment lang schwieg. War sie sauer? Als sie wieder sprach, klang ihre Stimme jedoch genauso liebevoll wie zuvor.

„Natürlich, Louisa. Ich habe mich ja immer gewundert, dass du gar nicht neugierig warst, was deine Herkunft betrifft. Ich kann es gut verstehen, dass du einiges erfahren möchtest. Vor allem, da du dich gerade in der Stadt aufhältst, in der du geboren wurdest.“

„Ich stamme aus Iquitos?“, hauchte ich ins Telefon. Irgendwie hatte ich es geahnt.

„Ja, aus Iquitos. Aber die Geschichte kann dir dein Vater besser erzählen. Warte kurz, ich rufe ihn.“

Ich hörte, wie meine Mutter sich auf die Suche nach meinem Vater machte, und hatte ihn ein paar Sekunden später am Apparat.

„Na, mein Mädchen. Wie geht es dir da unten am Amazonas? Ich hoffe, die Mücken haben dich nicht zu sehr gebissen?“

„Mir geht’s prima, Papa. Die Mücken habe ich vertrieben. Hab mich einfach nicht mehr gewaschen...“

„Oh ...!“ Mein Vater lachte. „Mama sagt, du möchtest wissen, wo du geboren wurdest?“

„Ja, genau. Wenn ich schon mal hier bin, ist es vielleicht die passende Gelegenheit.“ Ich gab mich cooler, als ich in Wirklichkeit war. Was würde mein Vater mir erzählen? Mein Herz pochte.

„Tja, da hast du wahrscheinlich recht.“ Papa räusperte sich. „Also, ich war in den 90er-Jahren öfter geschäftlich in Südamerika. Einer meiner Geschäftspartner, mit dem ich oft zu tun hatte, war Bill Frazer. Er lebte eine Zeit lang in Peru und ich traf ihn immer mal wieder. 1993 hatte ich einen Termin in Iquitos und Bill war auch da.“

Ich fragte mich, wann mein Vater endlich aufs Wesentliche zu sprechen käme, wollte ihn aber auch nicht unterbrechen.

„Wir trafen uns in einer Hotelbar und tranken ein paar Bier zusammen. Er fragte mich natürlich auch, wie es privat so liefe und was die Familie mache. Nun ja, auf jeden Fall erzählte ich ihm damals, dass wir uns schon seit Jahren ein Kind wünschten und es nicht klappen würde. Und dass wir uns sogar Gedanken über eine Adoption machen würden, aber dass es damit auch etwas schwierig in Deutschland sei."

Ich starrte aus dem Fenster, ohne die Aussicht wahrzunehmen. Gleich würde er zum Punkt kommen.

„Danach trennten wir uns und ich hörte nichts mehr von ihm. Bis zu dem Tag, an dem ich abends zurück nach Hause fliegen wollte. Bill rief mich an und seine Stimme am Telefon klang aufgeregt. Er müsse mich unbedingt treffen, es ginge um Leben und Tod."

„Und dann?" Ich konnte es bald nicht mehr aushalten.

„Wir trafen uns in meinem Hotel und er berichtete mir, dass ein befreundeter Geschäftsmann aus Iquitos ein neugeborenes Baby ins Waisenhaus nach Lima geben wolle. Es war seine Enkeltochter."

Mir stockte der Atem. Das war schlimmer, als ich es mir ausgemalt hatte.

„Seine Tochter – sie war damals wohl noch ein sehr junges Mädchen gewesen – war bei der Geburt gestorben. Die Großeltern waren schon älter und wären damit überfordert gewesen, ein kleines Kind großzuziehen. Vor allen Dingen aber wollten sie durch das Kind nicht an den schrecklichen Tod der Tochter erinnert werden."

„Das darf ja wohl nicht wahr sein. Was waren das denn für schreckliche Leute? Einfach ihre Enkelin ins Heim zu geben?"

„Du hast natürlich recht, Louisa. Ich habe sie persönlich auch nie kennengelernt. Bill sollte das Kind nach Lima in ein Heim bringen, aber nachdem er meine Geschichte kannte, rief er mich sofort an und bei unserem Treffen im Hotel hatte er dich in einer kleinen Tragetasche dabei und fragte mich, ob ich dich mit nach Deutschland nehmen würde. Das mit den Adoptionspapieren würde er schon regeln."

Ich war erstmal sprachlos.

„Du warst so niedlich, Louisa. Wie du dort so klein und unschuldig in dieser Tasche lagst und mich mit großen Augen angesehen hast – das werde ich nie vergessen."

„Und dann hast du mich mitgenommen."

„Ja, das habe ich, mein Schatz. Und es war die beste Entscheidung meines Lebens. Das sieht deine Mutter übrigens genauso."

„Ich doch auch, Papa." Mir liefen inzwischen die Tränen die Wangen hinunter.

„Deinen Vornamen hast du übrigens noch von deiner leiblichen Mutter bekommen. Unser Familienname stand dann gleich in den Adoptionspapieren. Ich musste Bill versprechen, dass ich niemandem von unserer Vereinbarung erzählen würde und dass ich die Großeltern niemals kontaktieren würde. Sie sollten weiter glauben, du seist ins Waisenhaus gekommen.

Allerdings hätte ich auch gar nicht gewusst wie, denn ich hatte ja keinen Namen von den Leuten."

„Und wer war mein Vater? Hat dieser Bill das auch gesagt?"

„Bill kannte ihn nicht. Offenbar waren deine Eltern nicht miteinander verheiratet gewesen."

„Dann könnte mein leiblicher Vater also noch leben", überlegte ich laut.

„Bestimmt lebt er noch", erwiderte mein Vater. „Aber wie gesagt, leider habe ich auch da keinen Namen. Ich vermute, dass er auch aus Iquitos kam. Mehr kann ich dir leider nicht sagen."

Ich schüttelte ungläubig den Kopf und wischte meine Tränen ab. „Okay, danke, Papa. Das ist also alles, was du weißt? Was ist mit diesem Bill, hast du noch Kontakt zu ihm?"

„Er ist vor ein paar Jahren gestorben, Louisa. Das Einzige, was er mir erzählt hatte, war, dass die Familie, aus der du stammst, sehr wohlhabend und angesehen in Iquitos war."

„Aha", antwortete ich verbittert. „Vielleicht war es dann weniger der Schmerz über den Tod der Tochter, als vielmehr die Schande einer Schwangerschaft ohne Ehering, der diese Leute dazu getrieben hat, ihre Enkeltochter in ein Waisenhaus zu geben."

Mein Vater seufzte. „Das kann schon sein. Wie auch immer. Irgendwie war es wohl Schicksal, dass ich gerade zu dem Zeitpunkt in Iquitos war, als du geboren wurdest. Dadurch entstand erst unsere kleine Familie. Und glaub mir Louisa, wir könnten dich nicht inniger lieben, wenn du unser leibliches Kind wärst. Für uns bist und bleibst du unsere Tochter."

Ich schluckte. Mein Vater war noch nie gut darin gewesen, seine Gefühle in Worte zu verpacken. Mit diesen Sätzen war er weit über seinen Schatten gesprungen.

„Danke, Papa", brachte ich mühsam hervor. Ich war ihm ähnlicher, als ich dachte. „Und ihr werdet immer die besten Eltern der Welt für mich sein."

Nachdem wir das Gespräch beendet hatten, blieb ich regungslos auf dem Bett sitzen. Tausend Gedanken wirbelten durch meinen Kopf. Was hatte mir diese ganze Offenbarung nun gebracht? Ich wusste, dass ich in Iquitos geboren worden war und offenbar eine ebenso reiche wie grauenhafte Familie hatte. Sollten meine Großeltern noch leben, würden sie nichts mit mir zu tun haben wollen. Und ich mit ihnen? – Bei dem Gedanken daran stieg mir die Galle hoch. Ganz bestimmt wollte ich diese Leute nicht kennenlernen.

Könntest du auch gar nicht, sagte eine leise Stimme in mir. Schließlich hast du weder Namen noch Adresse. Also entspann dich und vergiss die ganze Sache am besten ...

Aber ich konnte nicht. Wer war meine Mutter gewesen? Ich hatte rein gar nichts über sie erfahren. Während ich noch vor mich hin grübelte, klingelte mein Handy. Es war Ramon.

„Louisa! Du wolltest dich doch melden! Bist du zurück in Iquitos?“

Schon wieder klopfte mein Herz zum Zerspringen.

„Hallo Ramon. Ich wollte dich gerade anrufen. Ja, ich bin zurück im Hotel, habe eben mit meinen Eltern telefoniert. Wie geht es dir?“

„Eigentlich würde ich am liebsten sofort zu dir kommen, aber leider muss ich jetzt zu einem Klienten. Es ist ein wichtiger Termin ... Ich hoffe, du bist nicht sauer?“

„Nein, natürlich nicht. Ich werde jetzt erstmal einen Cappuccino trinken und vielleicht ein bisschen durch Iquitos bummeln.“

„Dann pass aber auf dich auf und lass dir bloß kein Ayahuasca andrehen.“

Es tat so gut, seine Stimme zu hören. Und offensichtlich machte er sich Sorgen um mich. Ich wertete das als gutes Zeichen.

„Louisa, ich würde dich gerne heute Abend zum Essen einladen. Kommst du mit?“

Ich zögerte. Sollte ich mich wirklich mit Ramon treffen? Ich hatte einfach Angst, mich in ihn zu verlieben und dann enttäuscht zu werden. Aber ich konnte auch nicht mein ganzes Leben lang vor Beziehungen davonrennen. Ich war nicht mehr sieben Jahre alt. Ich atmete tief durch.

„Ich komme gerne mit."

So, nun war es heraus.

Ramons Stimme klang erfreut. „Gut. Dann hole ich dich um sechs Uhr am Hotel ab. Ich freue mich sehr auf dich."

Das Restaurant lag direkt am Fluss und passte sich perfekt dem Dschungel an, von dem es umgeben wurde. Die Einrichtung bestand aus Tropenholz und roten Laternen, die sich auf der offenen Terrasse sachte im Wind bewegten. Bunte Vögel kamen bis an die vordersten Tische geflogen und das Licht der Kerzen spiegelte sich auf der dunklen Oberfläche des Flusses. Leise Soulmusik drang aus den Lautsprechern und mischte sich mit den gedämpften Stimmen der Gäste. Ramon hatte bei der Auswahl des Restaurants eindeutig Geschmack bewiesen. Und obendrein keine Kosten gescheut, denn die Preise auf der Speisekarte waren gesalzen.

Ich war froh, dass ich mich nach dem dritten Mal Umziehen doch für das rote Kleid entschieden hatte. Zusammen mit meinen langen, dunklen Haaren und den hochhackigen Sandalen sah es wunderschön aus.

Das jedenfalls hatte Ramon mir gleich als Erstes gesagt, als er mich mit seinem Cabrio abgeholt hatte. Er hatte regelrechte Stielaugen bekommen, als er mir in der Hotelhalle gegenübergetreten war. Zur Begrüßung hatte er mich auf die Wange geküsst und von diesem Moment an gestrahlt, als habe er sechs Richtige im Lotto gewonnen. Ein wenig verlegen waren wir beide bei diesem Zusammentreffen. Es schien, als hätten wir beide Angst, etwas Falsches zu sagen und dadurch den Zauber des Augenblicks zu zerstören.

Nachdem Ramon für uns beide Cocktails bestellt und wir etwas zu Essen ausgewählt hatten, legte er seine Hand auf meine und sah mir tief in die Augen.

„Es ist total verrückt, Louisa, wir kennen uns ja erst ganz kurz, aber ich habe in der vergangenen Woche fast jede Minute an dich gedacht und davon geträumt, dich wiederzusehen."

In meiner Magengegend breitete sich ein warmes Gefühl aus.

„Und jetzt ist es noch viel schöner, als ich es mir ausgemalt hatte. Entschuldige, wenn ich hier zu viel Süßholz raspele, aber ich bin in diesen Sachen nicht so gut. Ich kann dir nur sagen, was ich fühle und dass ich gerade nirgendwo sonst auf der Welt sein möchte, als hier mit dir zusammen."

Mein ganzer Körper kribbelte und ich wusste, dass ich in diesem Augenblick auch an keinem anderen Ort der Erde sein wollte. Alle Zweifel, die ich auf meiner Amazonasfahrt gehegt hatte, waren auf einmal verschwunden.

„Ich musste auch viel an dich denken, Ramon. Wie kommt es, dass ein so attraktiver Typ wie du noch zu haben ist? Oder bist du vielleicht schon vergeben?“

Lächelnd schüttelte Ramon den Kopf. „Nein, das bin ich nicht. Für mich ist Mrs. Right einfach noch nicht aufgetaucht. Bis jetzt ...“ Herausfordernd blickte er mich an und wartete.

Ich wurde unsicher. „Aber wie du eben schon sagtest ... kennst du mich doch gar nicht.“

„Was sich ändern lässt. Erzähle mir von dir, Louisa. Woher kommst du, was hat dich nach Iquitos verschlagen und warum bist du ganz allein unterwegs?“

Ich erzählte ihm von meinen Eltern in Deutschland, dem Abschluss meines Studiums und ihrem Geschenk, der Perureise.

„Du bist also in Deutschland groß geworden“, resümierte Ramon. „Aber deinem Aussehen nach bist du Peruanerin. Liege ich da richtig?“

Seltsam, früher hatten solche Sätze dazu geführt, dass meine Stimmung schlagartig kippte. Doch Ramons Frage erschien mir ganz normal, kein Grund sich aufzuregen. Ich nickte und nahm einen Schluck von meinem Cocktail.

„Das ist richtig. Ich wurde schon als Baby von meinen Eltern adoptiert und hatte eine großartige Kindheit. Und nun bin ich zum ersten Mal in Peru und sehe mir das Land meiner Vorfahren an.“ Ich lächelte schief und war froh, dass in diesem Moment das Essen kam. Das gab mir Zeit, darüber nachzudenken, ob ich Ramon überhaupt etwas von meinen neuen Erkenntnissen sagen sollte, die ich heute gewonnen hatte. Das Dinner war fantastisch und Ramon ein guter Erzähler. Er berichtete mir von seiner Kindheit, dem Jura-Studium in Lima und von seinem Leben als Anwalt, das er seit ein paar Jahren in Iquitos führte.

„Seit sich der Seniorchef vor zwei Jahren zurückgezogen hat, leite ich die Kanzlei und kann mir jetzt endlich auch ein paar ganz nette Dinge leisten.“ Dabei fiel sein Blick auf das dunkelgrüne Cabrio, das vor dem Restaurant parkte.

Ich wischte mir den Mund mit der Serviette ab und atmete tief durch. „Ich bin pappsatt. Aber das Essen war einfach köstlich. Vielen Dank dafür.“

„Gerne geschehen“, erwiderte Ramon und goss mir noch ein Glas Wein ein.

„Nun habe ich die ganze Zeit geredet und von dir weiß ich immer noch nicht besonders viel. Warum bist du nach Peru gekommen, Louisa?“

Ich rutschte unbehaglich auf meinem Stuhl hin und her.

„Das habe ich doch schon gesagt. Ich habe die Reise von meinen Eltern geschenkt bekommen."

„Und das hatte nichts mit deinen biologischen Eltern zu tun? Vielleicht wollten dir deine Eltern aus Deutschland die Chance geben, deine Heimat und deine andere Familie kennenzulernen."

Ich seufzte. Ramon würde garantiert nicht aufgeben, auf dem Thema herumzureiten. Vielleicht sollte ich es hinter mich bringen und ihm die ganze Sache erzählen.

„Also gut. Du hast nicht ganz unrecht. Ich wollte eigentlich nie etwas über meine biologischen Eltern wissen. Aber das hat sich geändert, seitdem ich hier bin. Auf meiner Flusskreuzfahrt habe ich tolle Menschen kennengelernt, die mich dazu inspiriert haben." Ich hielt kurz inne und sah ihm in die Augen. „Und ich habe mich einfach in dieses Land verliebt, in den Dschungel, die Menschen, das Klima. Ich fühle mich hier genauso zu Hause wie in Deutschland."

Jetzt, wo ich es ausgesprochen hatte, wurde mir erst richtig klar, wie sehr Peru meine Seele berührt hatte.

„Aber das ist doch fantastisch, Louisa. Jeder sollte seine Wurzeln kennen. Ich glaube, dass das ganz wichtig für dein weiteres Leben sein wird." Ramons Augen blitzten. „Was für eine spannende Geschichte! Haben deine Eltern dir schon erzählt, wie und wo sie dich adoptiert haben?"

Ich nickte. „Heute Nachmittag am Telefon. Aber es war nicht gerade das, was ich hören wollte.“

Ich erzählte ihm, was ich von meinem Vater erfahren hatte und zuckte resigniert mit den Schultern. „Kein Name, keine Adresse, ich werde wohl nie herausfinden, wer meine Eltern waren. Und das ist wahrscheinlich auch gut so. Ich werde mich da jedenfalls nicht weiter engagieren.“

Ramon starrte mich wortlos an. „Wir könnten die Sterberegister von Iquitos durchgehen. Wenn es stimmt, was der Geschäftsfreund deines Vaters gesagt hat, müsste deine Mutter an deinem Geburtstag gestorben sein. Und das sollte in den Akten vermerkt sein.“

Daran hatte ich überhaupt nicht gedacht. „Dann hätten wir ihren Namen, nicht wahr?“

„Genau. Und mit ihrem Namen könnten wir noch viel mehr über sie herausfinden. Vielleicht auch, wer dein Vater ist.“

Ramon lächelte mich an. „Vertraust du mir?“

Ich nickte. „Natürlich.“

„Dann lass mich dir helfen, Louisa. Als Anwalt habe ich Zugang zu vielerlei Daten und außerdem kenne ich einige wichtige Leute in Iquitos. Ich werde mich gleich morgen darum kümmern.“

Ein neuer Funken Hoffnung keimte in mir auf. Vielleicht würde ich ja doch noch erfahren, wer meine Eltern waren.

„Wie lange wirst du noch in Iquitos bleiben?“

„Mein Rückflug geht übermorgen.“

Ramon schüttelte den Kopf. „Die Zeit ist zu kurz. Könntest du deinen Flug umbuchen und noch ein paar Tage bleiben? Die Mühlen hier am Amazonas mahlen langsam, aber ich bin überzeugt, dass wir etwas herausfinden werden.“

Ich überlegte noch, ob ich das wirklich tun sollte, als Ramon mir zuzwinkerte: „Und außerdem hätten wir dann noch ein bisschen mehr Zeit, um uns besser kennenzulernen. Und das wäre doch auch nicht schlecht, oder?“

Ich nickte. „Also gut, ich versuche, den Flug um ein paar Tage zu verschieben. Und, Ramon?“ Er sah mich an und ich lächelte. „Danke für deine Hilfe.“

Der Anwalt

Louisa und Ramon, Iquitos, 2018

Als ich am nächsten Morgen in meinem Hotelbett erwachte, hatte ich so gut geschlafen wie seit langem nicht mehr. Ramon hatte mich am Abend zuvor ganz wie ein Gentleman zurückgebracht, sich mit einem Kuss verabschiedet und war in seinem Cabrio durch die laue Nacht davongebraust. Fast war ich schon ein wenig enttäuscht, dass er nicht mit in mein Zimmer gekommen war.

Ich duschte und gönnte mir ein ausgiebiges Frühstück. Dann rief ich die Fluggesellschaft an und buchte den Flug um. Eine weitere Woche in diesem Hotel würde zwar ein Loch in meine Kasse reißen, aber ich würde es überleben. Schließlich telefonierte ich noch mit meinen Eltern und teilte ihnen mit, dass es mir hier in Iquitos so gut gefiele, dass ich noch eine Woche dranhängen wollte. Sie hatten vollstes Verständnis.

Als ich alles erledigt hatte, war es zehn Uhr. Ramon hatte noch nichts von sich hören lassen. Unschlüssig tigerte ich durch die Hotelhalle und fragte mich, was ich nun tun sollte. In der Lobby lagen aktuelle Zeitschriften und ein paar Bücher über das peruanische Amazonasgebiet. Ich setzte mich auf ein gemütliches Sofa und griff nach einem Buch über das alte Iquitos. Schwarzweiß-Aufnahmen zeigten die luxuriösen

Villen, die zur Zeit der Kautschukbarone entstanden waren. Palmen und tropische Gewächse zierten die feudalen Eingänge. Die Interieurs waren prunkvoll gestaltet. Marmorböden, Vorhänge aus Brokat, Seidentapeten und üppige Lüster zeugten vom Reichtum ihrer Besitzer. Ich dachte an Mayumi und die Geschichten aus ihrer Kindheit. War sie in einem dieser Häuser großgeworden?

Endlich meldete sich Ramon. „Louisa, mein Engel, hast du gut geschlafen?"

„Guten Morgen, Ramon. Ja, das habe ich. Und du? Hast du schon etwas über meine Mutter herausgefunden?"

Ich konnte es kaum abwarten, alles über seine Recherche zu erfahren.

„Ja, das habe ich. Und wenn das stimmt, ist es einfach unglaublich ..."

In Ramons Stimme schwang Aufregung mit. Meine Kehle wurde trocken.

„Wieso? Was meinst du denn damit?", fragte ich.

„Nicht am Telefon, Louisa. Ich hole dich in ein paar Minuten am Hotel ab, dann erfährst du mehr. Okay?"

Er machte es aber wirklich spannend.

„Okay, ich warte in der Lobby", murmelte ich.

Kurze Zeit später hielt sein Cabrio vor dem Hoteleingang und ich lief ihm entgegen.

Ramon schloss mich in die Arme, gab mir einen Kuss und grinste mich verschmitzt an.

Mit den Worten „Wir machen jetzt einen kleinen Ausflug“ öffnete er die Beifahrertür und ließ mich einsteigen.

Ich schloss den Gurt und wandte mich ihm zu. „Aha. Und wo fahren wir hin?“

„Zu meinem alten Chef. Wenn alles stimmt, scheinst du tatsächlich aus einer sehr alten und reichen Familie zu stammen, Louisa.“

Ramon startete den Wagen und lächelte mich an. „Mein Chef war jahrelang der Anwalt dieser Familie. Ich glaube, er weiß alles über sie. Ich bin gespannt, was er uns erzählen kann.“

***

Ramons ehemaliger Chef lebte in einer Villa am Stadtrand von Iquitos. Das Haus war von einem gepflegten Rasen umgeben und auf dem weißen Kiesweg, der zum Eingang führte, war nicht ein Fitzel Unkraut zu sehen. Auf Ramons Klingeln hin öffnete eine ältere Dame die Tür und schlug die Hände zusammen.

„Ramon! Wie schön dich zu sehen. Du hast uns so lange nicht besucht. Komm herein und stell mir deine hübsche Freundin vor.“

Señora Pérez, die Gattin des Anwalts, war offenbar ein Fan von Ramon. Sie strahlte ihn fortwährend an, während sie mir die Hand tätschelte und am liebsten sofort alles über uns erfahren wollte. Ich war gerade dabei, ihr zu erzählen, dass ich aus Deutschland komme und im Urlaub hier bin, als ihr Mann im Flur auftauchte.

„Ines, nun frag doch unsere Gäste nicht so aus, das ist ja schrecklich. Soweit ich weiß, ist Ramon gekommen, um etwas über einen ehemaligen Klienten zu erfahren."

Ines Pérez zog einen Schmollmund und stieß einen tiefen Seufzer aus. „Es ist doch immer das Gleiche mit euch Männern. Ich nehme an, ihr geht in dein Arbeitszimmer?"

Ihr Mann nickte ihr zu und schüttelte uns die Hände.

„Soll ich euch einen Kaffee machen?" Ines gute Laune war schnell wiederhergestellt.

„Das wäre nett, meine Liebe." Der Anwalt streichelte über Ines Schulter und wies auf eine Tür im hinteren Bereich des Hauses. „Kommt mit, wir gehen in mein Arbeitszimmer, da können wir in Ruhe sprechen."

Während Ramon ihm erklärte, warum ich in Iquitos war, ruhte sein Blick abwechselnd auf ihm und mir.

„... heute Morgen bin ich dann also die Sterberegister von Iquitos durchgegangen und tatsächlich fündig geworden", sagte Ramon. „Bei Louisas Mutter kann es sich eigentlich nur um die Tochter deines ehemaligen Klienten, Señor Lopez, handeln.“

Der Anwalt und ich starrten uns gleichermaßen erschrocken an. Ich, weil ich bei dem Namen Lopez sofort an Mayumi denken musste. Beim Anwalt waren mir die Hintergründe natürlich unklar. Lopez ist hier ein Name wie Meier, Müller, Schmidt bei uns, versuchte ich mich selbst zu beruhigen.

„Mein Gott, das wäre ja unglaublich“, stammelte der Anwalt und blickte mich weiter mit aufgerissenen Augen an.

Erst Ines, die mit einem Tablett mit Kaffee und Keksen ins Zimmer rauschte, riss uns alle drei aus unserer Erstarrung. Ohne sich über ihre mehr oder weniger versteinerten Gäste zu wundern, schenkte Ines den Kaffee an alle aus und verschwand dann wieder.

„Kannten Sie meine Mutter?“, fragte ich mit zittriger Stimme.

Der Anwalt schüttelte den Kopf. „Ich habe sie persönlich nie kennengelernt, ich hatte immer nur mit ihrem Großvater zu tun – wenn er es denn war.“

„Lebt er noch?“ Ich hielt den Atem an.

Der Anwalt stieß einen tiefen Seufzer aus. „Nein. Nein, er ist vor zwei Jahren gestorben. Kurz vor seinem Tod hatte er mich noch einmal zu sich gerufen.“

„Was wollte er von dir?“, fragte Ramon.

Der Anwalt rührte gedankenverloren in seiner Kaffeetasse und hing offensichtlich seinen Erinnerungen nach.

„Er hatte ein schlechtes Gewissen. Als seine Tochter damals bei der Geburt ihres Kindes gestorben war, hatten er und seine Frau das Kind in ein Waisenhaus nach Lima bringen lassen. Er hatte damals nichts von diesem Kind wissen wollen. Am Ende seines Lebens schämte er sich dafür."

„Zu recht", warf Ramon ein und bedachte mich mit einem mitfühlenden Blick.

„Das stimmt", räumte der Anwalt ein. „Außerdem kam hinzu, dass dieses Kind der letzte Nachkomme der Familie war. Wem sollte er seinen Besitz vererben? Seine Frau war zu diesem Zeitpunkt schon ziemlich dement. Sie kriegte nicht mehr viel davon mit, was um sie herum passierte."

„Señor Lopez hat dich also damit beauftragt, sein Enkelkind wiederzufinden?", fragte Ramon.

„Ja, und ich tat mein Bestes. Ich habe wirklich jedes Waisenhaus in ganz Lima kontaktiert, doch keines konnte sich an ein Baby erinnern, das 1993 aus Iquitos gekommen war. Lopez hatte mir außerdem noch den Namen seines Geschäftsfreundes genannt, der ihm die schmutzige Arbeit damals abgenommen hatte. Ich weiß nicht mehr genau, wie er hieß. Freeman, Fraser oder so ähnlich. Jedenfalls habe ich versucht, Kontakt mit ihm aufzunehmen. Aber er war inzwischen verstorben.“

Señor Pérez schüttelte verwundert den Kopf und sah mich an.

„Und nun tauchen Sie wie aus dem Nichts hier auf. Das ist wirklich verrückt.“

Mit schwirrte der Kopf. Statt des Kaffees hätte ich lieber ein Glas Whisky in mich hineingekippt. In was für eine Geschichte war ich hier eigentlich geraten?

„Ich würde mich sehr freuen, wenn diese ganze Sache endlich ein gutes Ende findet“, fuhr der Anwalt fort. „Aber um festzustellen, ob Sie wirklich die Enkelin von Lopez und somit erbberechtigt sind, brauche ich einen Gentest von Ihnen.“

„Wie soll das gehen?“, rief ich aus. „Es sind schließlich alle tot!“

Der Anwalt sah mich aus wässrigen Augen an und lächelte. „Das stimmt nicht. Nicht alle sind tot.“

Die Großmutter

Iquitos 2018

Der Weg zum Altenheim kam mir ewig vor. Wir hatten das Auto des Anwalts genommen, weil wir uns schlecht zu dritt ins Cabrio quetschen konnten. Ramon fuhr den Lexus seines früheren Chefs, Señor Pérez mäkelte über seinen ‚halsbrecherischen Fahrstil', wie er sich ausdrückte, und ich saß auf der weich gepolsterten Rückbank und harrte der Dinge, die da kamen.

Endlich brachte Ramon den Wagen zum Stehen und mit einer gewissen Erleichterung stiegen wir alle aus. Die Seniorenresidenz befand sich genau am anderen Ende von Iquitos. Das moderne Gebäude war erst wenige Jahre alt und wirkte genauso teuer wie trist. Ramon, der schon im Büro des Anwalts mit dem Altenheim telefoniert hatte, meldete uns am Empfang an. Die Dame hinter dem Tresen musterte uns mit eisiger Miene.

„Señora Lopez hat noch nie Besuch bekommen, so lange sie bei uns lebt. Und nun kommen gleich drei Leute auf einmal?"

„Tja, wie Sie sehen ist heute ihr Glückstag", antwortet Pérez jovial.

„Wir haben auch mit dem Arzt telefoniert. Ist er schon da?", fragte Ramon.

Die Angestellte des Heims nickte. „Er ist bereits in ihr Zimmer gegangen. Raum 28.“

Sie blickte uns neugierig an. „Was wollen Sie denn von Señora Lopez?“

„Sie besuchen“, erwiderte der Anwalt und lächelte sie dabei so breit an, dass die Frau errötete und schnell mit ihren Papieren zu rascheln begann. „Na dann, Sie wissen ja nun, wo Sie sie finden. Aber machen Sie sich keine Hoffnungen. Señora Lopez hat seit einem Jahr kein Wort mehr gesprochen.“

Als wir in den Flur einbogen, kam uns ein Mann mittleren Alters in einem weißen Kittel entgegen.

„Haben wir eben miteinander telefoniert?“, fragte er und schwang dabei seinen Arztkoffer.

„Das haben wir“, sagte Ramon und stellte uns nacheinander vor.

„Ich habe es leider etwas eilig“, entschuldigte sich der Arzt. „Bei Señora Lopez habe ich die Blutprobe schon genommen. Sie hat nicht viel davon mitgekriegt. Und nun soll ich Sie noch ein wenig anzapfen?“, fragte er mich schmunzelnd.

Ich nickte.

„Na, dann kommen Sie einmal mit. Ich habe hier einen kleinen Behandlungsraum. Das haben wir im Nu erledigt.“

Während ich mit dem Arzt mitging, verschwanden Ramon und Señor Pérez im Zimmer der alten Dame.

Ich folgte ihnen fünf Minuten später und erblickte eine Frau, die dem Tode näher war als dem Leben. Tiefe Falten durchzogen das Gesicht von Señora Lopez. Ihre strähnigen, grauen Haare waren streng zurückgekämmt, ihre Augen waren geschlossen, ihr Mund stand ein wenig offen.

Ramon und Pérez schauten auf, als ich hereinkam und schüttelten den Kopf.

„Sie reagiert gar nicht auf unsere Anwesenheit. Komm ruhig näher, Louisa.“ Ramon nahm meinen Arm und zog mich zu sich heran.

Ich konnte meinen Blick kaum von der alten Frau im Bett wenden. War dies meine Großmutter?

Ich verspürte keinerlei Verbindung zu ihr. Meine Großmutter war Oma Ellie. Mit dieser Person vor mir hatte ich nichts zu tun. Ich fragte mich, was für ein Mensch sie gewesen war, als sie noch alle Sinne beisammenhatte. War sie wirklich so kaltherzig gewesen, ihre Enkeltochter in ein Waisenhaus zu geben? Ich schaffte es immer noch nicht, mich gedanklich mit dem kleinen Wesen zu identifizieren, dass diese Frau offenbar vor 25 Jahren einfach weggegeben hatte. So in sich zusammengesunken und apathisch, wie sie in ihrem Bett lag, hätte sie eigentlich mein Mitleid erwecken müssen. Doch das war nicht der Fall. Ich empfand einfach gar nichts für sie.

Gerade als ich mich umwenden und das Zimmer verlassen wollte, schlug Señora Lopez doch noch die Augen auf. Ihre Pupillen wanderten ziellos von rechts nach links und ich hatte den Eindruck, dass sie nichts wirklich wahrnahm. Da blieb ihr Blick an meinem Gesicht hängen. Ihre Augen weiteten sich und ein Ausdruck des Entsetzens legte sich auf ihre Züge. „Mayumi“, flüsterte sie und eine einzelne Träne lief ihre Wange hinab. Dann schrie Señora Lopez. Sie schrie, als sei der Teufel hinter ihr her. Meine Knie gaben nach. Um mich herum hüllte sich die Welt in Finsternis.

***

„Louisa? Was ist denn nur, mein Schatz? Komm doch bitte wieder zu dir.“

Die Stimme Ramons drang wie durch dichten Nebel zu mir. Ich schlug die Augen auf und sah in sein besorgtes Gesicht. Es konnte doch nicht wahr sein, dass ich schon wieder ohnmächtig geworden war. Peinlich berührt machte ich die Augen wieder zu.

„Nein, nein, nein, hiergeblieben, meine Liebe. So was kannst du nicht mit mir machen. Du hast mir einen Riesenschreck eingejagt. Hier, trink das.“

Durch meine halb geschlossenen Lider sah ich ein Glas Wasser auf mich zukommen und schluckte gehorsam.

„Es tut mir leid“, flüsterte ich. „Ich war genau zweimal in meinem Leben ohnmächtig. Und jedes Mal warst du dabei.“

Ramon lächelte. „Da siehst du mal, was ich für eine Wirkung auf dich habe.“

Ich fuhr mir mit der Hand über die Stirn. „Es geht schon wieder besser.“

Die Tür öffnete sich und der Anwalt kam mit einer Frau vom Pflegepersonal zurück.

„Mist, der Arzt ist weg. Geht es ihr wieder besser?“, fragte er Ramon und beugte sich zu mir hinunter.

„Ja, aber wir sollten jetzt besser von hier verschwinden“, antwortete Ramon. Er half mir wieder auf die Beine, während sich die Schwester um Señora Lopez kümmerte. Sie hatte zum Glück aufgehört zu schreien und brabbelte nun ununterbrochen unverständliches Zeug vor sich hin.

„Seltsam“, meinte die Pflegerin. „So etwas hat sie noch nie getan. Ihr Besuch muss irgendeine Erinnerung in ihr ausgelöst haben.“

Ich war einfach nur froh, aus diesem Zimmer hauszukommen. Draußen lehnte ich mich erstmal an die Hauswand und atmete die frische Luft ein.

„Was war denn eigentlich mit dir Louisa? War es die schlechte Luft in dem Raum oder hast du dich einfach nur erschreckt, als sie geschrien hat?“ Ramon hielt immer noch meine Hand und streichelte meinen Rücken.

Ich schüttelte den Kopf. „Sie hat mich Mayumi genannt.“

Ramon zuckte die Schultern. „Das stimmt. Aber so heißen hier viele. Mayumi ist ein total beliebter Name in Peru. Vielleicht kannte sie ein Mädchen, das so heißt und hat dich mit ihr verwechselt.“

Der Anwalt räusperte sich. „Ich will mich ja nicht einmischen, aber ich weiß, dass Señora Lopez Tochter Mayumi hieß.“

Die alte Villa

Iquitos 2018

Wir fuhren mehr oder weniger schweigend zurück und mir war die ganze Zeit schlecht. Kalter Schweiß hatte sich auf meiner Stirn gesammelt und einmal bat ich Ramon sogar anzuhalten, weil ich befürchtete, mich übergeben zu müssen.

„Louisa, du bist kalkweiß im Gesicht.“ Ramon stand neben mir am Straßenrand und betrachtete mich. „Ich glaube, es wäre gut, wenn du eine Kleinigkeit essen würdest. Hier gibt es gleich um die Ecke ein nettes Café. Ich schlage vor, wir legen dort eine Pause ein.“

Ich nickte. Schlimmer als im Moment konnte es eigentlich nicht werden. Señor Pérez war einverstanden und so saßen wir drei kurze Zeit später bei Mineralwasser und Sandwiches im Café. Ramon hatte recht behalten, der kleine Snack brachte meinen Kreislauf in Schwung. Trotzdem beäugten mich die beiden Männer die ganze Zeit so argwöhnisch, als befürchteten sie, dass ich im nächsten Moment wieder umkippen würde.

„Dieser Anfall von Señora Lopez war ja doch ein wenig gruselig. Kein Wunder, dass sie dich erschreckt hat, Louisa.“ Ramon tätschelte meine Hand und schenkte mir Wasser nach.

Der Anwalt nickte. „Schon traurig, was aus Menschen manchmal wird, wenn sie alt sind. Sie sah mir nicht so aus, als wenn sie es noch lange machen würde.“

„Was ist denn eigentlich aus dem Haus der Lopez geworden? Wurde es verkauft?“, fragte Ramon.

Sein ehemaliger Chef schüttelte den Kopf. „Nein, die Villa steht leer. Ein Verwalter kümmert sich um sie, geht manchmal vorbei und lüftet die Zimmer. Ab und zu kommt ein Mann für den Garten. Es ist ein prächtiges Haus, einst war es eines der Schönsten von ganz Iquitos.“

„Und wenn Señora Lopez stirbt, was passiert dann damit?“ Ramon war mir mit seiner Frage zuvorgekommen.

„Die Unterlagen liegen noch bei mir im Büro. Eigentlich hätte ich sie dir als meinen Nachfolger längst übergeben sollen. Naja, das können wir ja gleich erledigen, wenn wir wieder zu Hause sind. Lopez hatte mich vor seinem Tod als seinen Nachlassverwalter bestellt. Solange seine Frau lebte, sollte nichts geschehen. Sollte ich seine Enkelin finden, wäre sie die Alleinerbin des gesamten Besitzes.“

Beide Männer warfen mir einen langen Blick zu und ich fühlte mich auf der Stelle unbehaglich.

Der Anwalt fuhr fort. „Sollte ich jedoch innerhalb von zehn Jahren nach dem Tod von Señora Lopez noch immer nicht fündig geworden sein, geht der Besitz an eine Stiftung über, die sich um Waisenkinder in Peru kümmert."

„Donnerwetter", Ramon lachte auf. „Der alte Knabe hatte auf seine letzten Tage wohl doch noch ein ziemlich schlechtes Gewissen bekommen."

„Das kannst du laut sagen. Er war zum Schluss ein sehr verbitterter Mann gewesen."

Der Anwalt musterte mich ein weiteres Mal. „Die Ergebnisse des Gentests dürften in ein paar Tagen vorliegen. Wenn Sie wirklich die verschollene Enkelin des Ehepaar Lopez sind, werden Sie in nicht allzu ferner Zeit ein großes Erbe antreten, Señorina Louisa. Es handelt sich dabei nicht nur um die alte Villa. Der Vater des verstorbenen Lopez war einer der ganz großen Kautschukbarone hier aus der Gegend."

Er nahm einen Schluck Wasser und fuhr fort.

„Ich selbst habe ihn nicht gekannt, aber es kursieren einige Geschichten über ihn. Er war wohl kein einfacher Zeitgenosse, aber er muss ziemlich clever gewesen sein, hat sein Geld später in Gold und Aktien angelegt. Sein Sohn hat später mehr oder weniger nur vom Geld seines Vaters gelebt. Aber er war dabei nicht verschwenderisch. Soviel ich weiß, ist die Familienschatulle immer noch gut gefüllt."

Ich schluckte. Eigentlich hatte ich nur etwas über meine Eltern erfahren wollen, an ein Erbe hatte ich im

Traum nicht gedacht. Ich fragte mich, ob ich es überhaupt haben wollte. Viel mehr als eine mögliche Erbschaft interessierte mich, warum die alte Frau mich Mayumi genannt hatte. Sah ich ihrer Tochter tatsächlich ähnlich? Und konnte das Ganze etwas mit meiner Mayumi zu tun haben, die ich auf dem Schiff kennengelernt hatte? Aber die lebte schließlich und meine Mutter war bei meiner Geburt gestorben.

Ramon sah mir mein Unbehagen an. „Soll ich dich zurück ins Hotel bringen, Louisa?“

Ich schüttelte den Kopf. „Ich muss erst noch etwas herausfinden, Ramon. Wäre es möglich, dass wir der alten Villa einen Besuch abstatten?“

„Jetzt gleich, heute Nachmittag?“, erwiderte Ramon überrascht.

„Ja, das wäre toll.“ Ich sah Señor Pérez an. „Wäre das möglich?“

Der alte Herr schmunzelte. „Warum nicht. Ich habe einen Schlüssel zu Hause. Ihr könnt ihn gleich haben, wenn wir zurück sind.“

***

Der Garten zog mich sofort in seinen Bann. Sobald wir das hohe Eingangstor geöffnete hatten – Ramon brauchte einige Zeit, um den Schlüssel im Schloss herumzudrehen, weil es offenbar nur noch selten benutzt wurde – hatte ich das Gefühl, ein grünes Paradies zu betreten. Von fachmännischer Hand angelegt, schien der Garten einst eine perfekte Anlage mit tropischen Gewächsen und Gehölzen, Blumen aus aller Welt, einem Zierteich und lauschigen Sitzecken gewesen zu sein. Doch die gute Pflege hatte irgendwann aufgehört. Nun schien nur der Rasen in unregelmäßigen Abständen gemäht zu werden und die Natur holte sich ihren Platz Stück für Stück zurück. Bunte Schmetterlinge flatterten umher, exotische Vögel beobachteten uns von den Ästen der Bäume.

„Es ist einfach wunderschön“, flüsterte ich und konnte mich kaum vom Anblick des Gartens losreißen.

Ramon umfasste meine Taille und gab mir einen Kuss. „Für mich bist du hier das Schönste weit und breit“, raunte er mir ins Ohr und zog mich dann weiter in Richtung Haustür. Es war aufregend, die Tür zu diesem herrschaftlichen Haus zu öffnen, das wie in einem Dornröschenschlaf versunken schien. Wir beide kamen uns ein wenig wie Eindringlinge vor. Niemand hatte uns eingeladen, hierher zu kommen und irgendwie fühlte es sich falsch an, einfach so ein fremdes Haus zu betreten. Aber ich musste Gewissheit haben ...

Dunkelheit und abgestandene Luft empfingen uns, nachdem wir die Haustür hinter uns geschlossen hatten. Alle Fensterläden waren zu, das wenige Licht, das durch die Ritzen sickerte, fiel auf alte Möbelstücke, die mit Tüchern verhängt waren. Ramon riss nacheinander zwei Fenster auf. Staubpartikel tanzten in den Lichtstrahlen.

„Puh! Der Verwalter scheint aber länger nicht hier gewesen zu sein“, meinte Ramon und wischte über sein weißes Hemd, das bereits Spuren von Schmutz zeigte.

Das Haus war komplett eingerichtet. Offenbar war seit der Übersiedlung von Señora Lopez ins Altenheim nichts verändert worden. Eine große Diele ging ins Treppenhaus über. Rechts vom Eingang befand sich die Küche. Auf der linken Seite gab es ein Esszimmer und dahinter ein Wohnzimmer. Die Schlafzimmer schienen sich im oberen Stockwerk zu befinden.

Suchend ging ich von einem Zimmer zum nächsten, Ramon folgte mir.

Im Wohnzimmer, das riesig und mit wertvollen Antiquitäten vollgestellt war, wurde ich fündig. Im hinteren Bereich des Raumes stand ein Flügel. Ramon öffnete ein weiteres Fenster und die letzten Sonnenstrahlen des Nachmittages fielen auf mehrere kleine Bilderrahmen, die auf dem Klavier standen. Ich stürzte darauf zu und mein Herz schlug schneller.

Ich erkannte sie sofort. Neben mehreren anderen Bildern der Familie stand die gerahmte Fotografie einer bildschönen, jungen Frau: Mayumi.

Ich riss die Fotografie an mich und konnte meine Augen nicht von dem Bild wenden.

„Das ist sie“, schluchzte ich. „Das ist Mayumi.“

Ramon war zu mir geeilt und nahm mich in den Arm. Er streichelte über meinen Kopf und blickte auf das Bild. „Wahrscheinlich hast du recht. Das wird deine Mutter sein. Sie sieht dir sehr ähnlich.“

Ich schrie ihn an. „Aber du verstehst nicht! Das ist Mayumi. Die Mayumi, die ich vor ein paar Tagen auf dem Schiff kennengelernt habe.“

Ich zitterte nun am ganzen Leib. Ramon musste denken, dass ich verrückt geworden war. Und das war ich wahrscheinlich auch.

„Wie kann das sein, Ramon? Meine Mutter ist tot, und die Mayumi vom Schiff lebte. Und es ist die Frau auf diesem Foto!“ Die Tränen liefen mir die Wangen hinunter und ich fühle mich wie in einem Albtraum.

„Ist ja gut, mein Schatz.“ Ramon streichelte mir über den Rücken.

„Du denkst, dass ich nicht ganz dicht bin, stimmt’s?“

Ramon lächelte. „Ganz und gar nicht, Louisa. Wir hier in Peru wissen, dass es manches zwischen Himmel und Erde gibt, dass sich nicht so einfach erklären lässt. Wir wachsen auf mit Geistern und Schamanen. Und oftmals vertrauen wir einem Zaubertrank mehr als den Tabletten vom Apotheker.“

Ich dachte an die vielen Stunden, die ich mit Mayumi auf der *Amazon Queen* verbracht hatte. Und an all die Geschichten, die sie mir erzählt hatte. Aber waren Juan und Mayumi nicht auch wie von Zauberhand verschwunden gewesen? Und hatten Jonas und Alex nicht gesagt, ich hätte immer alleine am Tisch gesessen? Auf meinen Armen bildete sich eine Gänsehaut.

„Weißt du noch, dein erster Abend in Iquitos?“ Ramon hielt mich immer noch fest in seinen Armen und ich war froh, dass er bei mir war.

„Du hattest Ayahuasca getrunken und danach ist dir schlecht geworden.“

„Natürlich weiß ich das noch. Damit hat ja alles angefangen. Vorher sind mir in meinem ganzen Leben noch nicht so seltsame Dinge widerfahren.“

„Siehst du?“, sagte Ramon mit sanfter Stimme. „Ayahuasca ist ein gefährliches Zeug, es gehört nur in die Hände von erfahrenen Schamanen. Sie versetzen die Menschen damit in eine spirituelle Trance. Manchmal passieren dann ungewöhnliche Dinge. Manche Menschen begegnen ihrer Vergangenheit, andere ihrer Zukunft. Und manche Leute sehen sogar die Toten.“

***

Ich hatte das Foto von Mayumi an mich genommen und wir verließen die Villa und die Schatten der Vergangenheit verblassten. Draußen sah die Welt schon wieder anders aus. Die Luft war warm und im sanften

Abendlicht hatte der Garten eine geradezu betörende Wirkung auf mich.

„Lass uns noch eine Runde durch den Garten gehen", schlug ich vor.

„Einverstanden", erwiderte Ramon und so bummelten wir Hand in Hand durch ein grünes Paradies, das eine ganz andere Aura versprühte als die düstere Villa. In der hinteren Ecke des Gartens, versteckt durch die herunterhängenden Zweige eines Baumes, entdeckten wir eine romantische Laube.

„Ist die schön", rief Ramon. „Komm, wir setzen uns ein paar Minuten hierher."

Schweigend kuschelten wir uns aneinander und genossen das Summen der Insekten und das fröhliche Konzert der Singvögel. Hier war es so friedlich, dass man Stunden hätte verbringen können. Ich fragte mich, ob wir gerade in jener Laube saßen, in der Mayumi ihren Juan zum ersten Mal gesehen hatte.

Und das brachte mich auf Juan.

„Ich weiß jetzt, wer mein Vater ist", sagte ich zu Ramon.

Er runzelte erstaunt die Stirn. „Aha. Na dann, raus mit der Sprache. Wer ist es?"

„Er heißt Juan und ist ein Indio."

„Mehr weißt du nicht?" Ramon schüttelte lächelnd den Kopf. „Das wird uns nicht viel helfen. Hier in der

Gegend gibt es bestimmt Tausende von Indios, die Juan heißen. Wie sollen wir ihn da finden?“

Ich schluckte. „Wir werden ihn nicht finden. Ich habe ihn zusammen mit Mayumi auf dem Schiff kennengelernt. Und da er zusammen mit ihr dort war, gehe ich davon aus ...“

Einen Moment lang konnte ich nicht weitersprechen, denn ich sah den liebevollen und bescheidenen Juan vor mir, wie er verliebt die Hand von Mayumi gehalten hatte.

„Ramon, er muss ebenfalls tot sein. Sonst wäre er doch nicht dort gewesen.“

„Ach Louisa, ich weiß nicht, was ich sagen soll. Ich weiß, du hattest dir gewünscht, deine Eltern kennenzulernen. Und dann schlitterst du in so eine Geschichte hinein ...“

„Tja, aber irgendeinen Sinn muss das Ganze doch gehabt haben. Sie haben mir ihre Geschichte erzählt, doch bevor sie zum Ende kamen, wurden wir gestört. Ich muss wissen, was damals passiert ist – verstehst du das Ramon?“

Er seufzte. „Natürlich, Louisa. Und ich werde alles dafür tun, um dir zu helfen. Aber ich weiß im Moment nicht, wie.“

Wir schwiegen einen Moment. Eine Eidechse huschte vor unseren Füßen dahin und verschwand hinter einem Farnkraut. Plötzlich hatte ich eine Idee.

„Ich weiß, wer uns helfen kann“, rief ich lachend und schlug mir mit der Hand vor die Stirn.

Ramon sah mich fragend an.

„Ihr Name ist Daphne.“

Daphne
Iquitos 2018

Wir fanden sie schneller, als wir für möglich gehalten hatten. Nachdem wir die Villa verlassen hatten, klingelten wir beim Nachbarhaus und lernten das Ehepaar Gonzales kennen. Sie erinnerten sich sofort an Daphne und lobten sie in den höchsten Tönen. Offenbar hatte Daphne bis zuletzt für Señora Lopez gesorgt und war erst in den Ruhestand gegangen, als ihre Dienstherrin ins Pflegeheim gekommen war.

„Sie ist eine treue Seele. Schade, dass sie nicht für uns gearbeitet hat“, sagte Señora Gonzales.

„Wissen Sie zufällig, wo sie jetzt wohnt?“, fragte ich.

Während ihr Mann sofort den Kopf schüttelte, runzelte Señora Gonzales die Stirn und nickte dann lächelnd. „Kurz bevor unsere Nachbarin ins Pflegeheim kam, habe ich Daphne noch getroffen und ein wenig mit ihr geplaudert. Beim Abschied gab sie mir einen Zettel mit ihrer Adresse. Falls mal nach ihr gefragt würde, hat sie damals gesagt.“

Sie zuckte die Schultern. „Schon merkwürdig. Damals dachte ich, warum wohl jemand bei uns nach ihr fragen sollte ... Und jetzt stehen Sie beide hier vor der Tür und tun genau das.“

Immer noch kopfschüttelnd wandte sie sich zum Inneren des Hauses um.

„Warten Sie einen Moment, ich hole nur schnell den Zettel. Zufälle gibt es ...“

***

Daphne wohnte im Haus ihres Sohnes im westlichen Teil von Iquitos. Ihre Schwiegertochter öffnete uns die Tür und bat uns, im Wahnzimmer zu warten, während sie Daphne holte. Wenige Minuten später betrat eine kleine, schmale Frau den Raum. Ich schätzte Daphne auf etwa 70 Jahre. Sie war adrett gekleidet und hatte ihre Haare zu einem akkuraten Dutt geflochten. Ihr wacher Blick wanderte von Ramon zu mir und blieb an meinem Gesicht hängen. Ihre Augen weiteten sich und ihr entfuhr ein Aufschrei.

Sie schlug die Hände vor den Mund und kam auf mich zu. Dicht vor mir blieb sie stehen und betrachtete jeden Quadratzentimeter meines Gesichtes. Dann breitete sich langsam ein Lächeln auf ihrem Antlitz aus und eine Träne lief ihre Wange hinab.

„Du bist Louisa, nicht wahr? Mayumis Tochter.“

Ich nickte. Und nun kamen auch mir die Tränen. Ich brauchte keinen Gentest, um zu wissen, dass ich Mayumis Tochter war. Alles passte zusammen, alles war richtig so.

Wir setzten uns, die Schwiegertochter brachte Tee und zog sich wieder zurück.

„Wie habt ihr mich gefunden?“, fragte Daphne und konnte kaum den Blick von mir wenden.

Wir erzählten ihr von unserem Besuch in der Villa und bei den Nachbarn. Daphne nickte. „Es ist so schön, dich zu sehen, Louisa. Du siehst deiner Mutter fast zum Verwechseln ähnlich. Ich habe dich sofort erkannt. Du bist wie meine kleine Mayumi.“

Ramon räusperte sich. „Louisa weiß, dass ihre Mutter bei ihrer Geburt gestorben ist. Aber was ist aus ihrem Vater geworden? Können Sie uns weiterhelfen?“

Daphne schwieg und atmete tief ein und wieder aus.

„Ja, das kann ich. Aber erst möchte ich erfahren, wo du die letzten 25 Jahre verbracht hast, Louisa. Seitdem du zur Welt gekommen bist, ist kein Tag vergangen, an dem ich nicht an dich gedacht und mich gefragt habe, wo du bist und wie es dir geht.“

Ich sah die Frau an, die Mayumi viel mehr eine Mutter gewesen war, als ihre eigene, und nickte. Und so erzählte ich ihr von meiner Kindheit und Jugend in Hannover, von meiner Familie in Deutschland und auch all die Dinge, die ich auf meiner Reise durch Peru erlebt hatte.

Als ich geendet hatte, strahlte die alte Frau und nahm meine Hand. „Es ist gut, dass du gekommen bist. Mayumi und Juan wären so stolz auf dich, wenn sie dich jetzt sehen könnten. Ich habe mir oft Vorwürfe gemacht, dass ich zugesehen habe, wie die beiden sich ineinander verliebt haben und nichts dagegen unternommen habe. Aber ehrlich gesagt ...“

Sie zuckte mit den Schultern und lächelte. „Ich glaube nicht, dass ich sie hätte aufhalten können. Die beiden waren einfach füreinander geschaffen. Ihre Liebe war so stark und bedingungslos – wer hätte sie trennen können?“

Ihr Blick wandte sich nach innen und Daphnes Gedanken wanderten zurück in die Vergangenheit.

„Ich werde dir nun erzählen, was sich damals bei deiner Geburt ereignet hat. Es war der schlimmste Tag meines Lebens.“

Geburt und Tod

Iquitos 1993

„Die Suppe ist köstlich, Daphne. Ich bin froh, dass ich heute nicht mit Mutter und Vater essen musste. Mutter hat mich neulich schon angegiftet, dass ich nicht so viel essen soll. Ich würde ja immer dicker ...“

Mayumi kicherte. „Darauf, dass ich schwanger bin, kommt sie nicht.“

Daphne schüttelte missbilligend den Kopf. „Du hättest es deinen Eltern längst sagen sollen, Mayumi. Dein Geburtstermin steht kurz bevor. Aber ehrlich gesagt, verstehe ich auch nicht, warum deine Eltern es noch nicht bemerkt haben. Selbst mit deiner voluminösen Kleidung ist es mittlerweile kaum zu übersehen, dass du hochschwanger bist.“

„Vielleicht ahnen sie es ja auch. Und sie denken, dass etwas nicht passiert, wenn man es einfach nicht anspricht ...“

Daphne lachte auf. „Da magst du recht haben, im Verdrängen von Tatsachen sind beide ganz gut. Aber eigentlich steht es mir nicht an, so etwas zu sagen. Also vergiss es am besten gleich wieder. Wird Juan heute noch vorbeischauen?“

Mayumi legte ihren Löffel beiseite und schüttelte den Kopf. „Nein, er ist heute beim Geburtstag eines

Freundes und morgen arbeitet er woanders. Aber er kommt morgen Abend."

„Er freut sich sehr auf euer Kind, stimmt's?"

Mayumi nickte und lächelte. „Ja, er ist schon ganz aufgeregt. Aber er hat auch Angst, dass meine Eltern ihn als Vater nicht akzeptieren, dass er fortgeschickt wird. All diese Dinge ... Dabei habe ich ihm tausendmal gesagt, dass ich immer bei ihm bleiben werde. Wenn meine Eltern Theater machen, werde ich mir mein Erbe auszahlen lassen und zusammen mit ihm fortgehen."

Daphne seufzte. „Ich bete jede Nacht für euch, Mayumi. Hoffentlich geht alles gut."

„Das wird es, Daphne." Mayumi tätschelte ihr die Hand und stand mühsam auf.

„Ich werde früh zu Bett gehen heute. Irgendwie fühle ich mich total kaputt."

„In Ordnung. Ich räume noch die Küche auf und sehe gleich nochmal nach dir, mein Kind."

Als Daphne eine halbe Stunde später nach ihr sah, fand sie Mayumi zitternd im Bett. Sie atmete schwer und wälzte sich von einer Seite auf die andere.

„Daphne, was ist das bloß? Ich habe Angst! Von jetzt auf gleich bekomme ich ganz schlecht Luft. Und mir ist so schrecklich kalt ..."

Daphnes Herz krampfte sich zusammen. Irgendetwas stimmte hier ganz und gar nicht.

„Vielleicht sind das schon die Wehen, Mayumi. Manchmal kommen die Kinder etwas früher zur Welt, als man denkt. Ich rufe sofort den Doktor an und mache dir eine Wärmflasche. Ich bin gleich zurück.“

Daphne rannte. So schnell sie konnte stürzte sie die Treppe hinab, rief in der Arztpraxis an, notierte sich die Privatnummer des Doktors, die auf dem Anrufbeantworter angegeben wurde und hatte ihn kurz darauf an der Strippe. Als der Arzt eine Viertelstunde später in der Villa eintraf, hatte sich Mayumis Zustand erheblich verschlechtert. Heftige Wehen ließen ihren schmalen Körper aufbäumen. Daphne versuchte, die Blutungen zu stoppen, die wie aus dem Nichts heraus begonnen hatten. Obwohl ihr die Angst fast die Luft abschnürte und sie ungute Vorahnungen hatte, sprach sie Mayumi gut zu und versuchte, sie zu beruhigen.

„Ach du meine Güte“, sagte der Arzt beim Anblick Mayumis und begann sie mit ernster Miene zu untersuchen.

Schließlich nahm er Daphne beiseite und fragte: „Wo sind ihre Eltern?“

„Sie sind ausgegangen. Ich weiß nicht, wo ich sie erreichen kann. Was hat sie denn nur? Das ist doch nicht normal!“

Der Arzt schüttelte düster den Kopf. Schweißperlen hatten sich auf seiner Stirn gebildet. „Ich fürchte, sie hat eine Fruchtwasserembolie. Vielleicht können wir das Kind noch retten. Dann muss ich jetzt sofort einen Notkaiserschnitt machen.“

Daphne war aschfahl geworden. Sie hatte die Worte des Arztes zwar verstanden, doch alles in ihrem Inneren schrie ‚Nein! Nicht Mayumi!‘

„Schnell, holen Sie heißes Wasser und frische Handtücher. Wir dürfen keine Zeit verlieren, wenn wir das Kind retten wollen.“

Daphne lief los, blind vor Tränen.

Als sie zurückkehrte, hatte Mayumi das Bewusstsein verloren.

„Schnell!“ Der Arzt setzte einen Schnitt an der Bauchdecke an und hielt Sekunden später ein blutverschmiertes Bündel Mensch in den Händen. In dem Moment öffnete sich die Tür und Mayumis Eltern stürmten herein.

„Was ist denn hier für ein Lärm? Wer sind Sie?“, brüllte Señor Lopez den Arzt an und erstarrte, als er seine blutüberströmte Tochter auf dem Bett liegen sah.

„Mayumi ... sie war schwanger?“, stammelte er.

Weiß vor Zorn stürzte seine Frau hinzu und gab Daphne eine klatschende Ohrfeige.

„Wie konntest du es wagen, uns nichts davon zu erzählen?“, zischte sie.

In diesem Augenblick begann das Baby zu brüllen. Alles verstummte für einen Moment und blickte auf das neugeborene Kind.

„Ein Glück, es lebt“, sagte der Arzt. „Es ist ein Mädchen.“

Mayumi schlug die Augen auf. „Was ist passiert?“, flüsterte sie.

Daphne riss dem Arzt das Kind aus den Händen und legte es Mayumi in die Arme.

„Dein Baby ist da, mein Schatz. Du hast eine wunderschöne Tochter bekommen.“

Mayumi strich mit dem Finger über den Kopf des Kindes. Sie spürte, wie das Leben aus ihr herausrann. Und sie fühlte eine überirdische Liebe zu dem kleinen Wesen, das auf ihr lag und dessen Herz in einem schnellen Rhythmus pochte.

„Sie soll Louisa heißen“, hauchte sie und lächelte. Minuten später blieb ihr Herz stehen.

Daphne gab ihr einen Kuss, nahm das Kind und wickelte es in ein Tuch. Sie fühlte sich selbst wie ein lebendiger Leichnam. Es konnte einfach nicht wahr sein, dass ihre geliebte Mayumi für immer von ihr gegangen war. Silvia warf sich vor Mayumis Bett auf den Boden und stimmte ein Klagegeheul an. Jeremy begann den Arzt zu beschimpfen und Mayumis Seele begab sich auf die Reise ...

***

Als Juan am Abend des folgenden Tages zur Laube kam, ihrem üblichen Treffpunkt, saß dort nicht Mayumi, sondern Daphne. Sie trug ein schwarzes Kleid und sah ausdruckslos in die Gegend. Da ergriff eine namenlose Angst Besitz von Juan.

Starr vor Entsetzen hörte er zu, was Daphne ihm erzählte und konnte es doch nicht begreifen.

„Wo ist sie?“, war das Erste, was er nach einiger Zeit von sich gab.

„Sie ist beim Bestatter. Ich gebe dir die Adresse und du kannst sie dort noch einmal sehen. Die Beerdigung ist übermorgen.“

Juan nickte. Sein ganzer Körper schmerzte, seine Seele schien gefroren zu sein. Es war schwer, einen klaren Gedanken zu fassen. Doch irgendwann gelang es ihm.

„Was ist mit unserer Tochter? Ist sie im Haus? Ich möchte sie sehen. Ich werde sie mitnehmen.“

Daphne sah ihn an und schluckte. Juan meinte es ernst, das war nicht zu übersehen.

„In diesem Hause wird sie nicht glücklich werden. Mayumi war es nicht und sie würde wollen, dass ich mich um Louisa kümmere.“

Daphne holte tief Luft. Es nützte nichts, sie musste es ihm sagen.

„Louisa ist fort, Juan.“

Er warf ihr einen bestürzten Blick zu. „Was soll das heißen, sie ist fort?“

Mayumis Eltern haben sie weggegeben. Sie wollten durch sie nicht ständig an Mayumis schrecklichen Tod erinnert werden, haben sie gesagt. Ein Freund von Señor Lopez hat sie abgeholt. Sein Flugzeug hat Iquitos bereits verlassen.“

Juan starrte sie ungläubig an. „Das ist nicht wahr!“

„Doch. Es tut mir so leid, Juan. Aber ich konnte nichts machen. Ich habe den Lopez angeboten, dass ich selbst für die Kleine sorgen würde, aber das wollten sie nicht. Das Kind sollte so weit wie möglich von hier fort.“

Juan schien es, als habe sich sein Herz in einen kalten Stein verwandelt. Daphne tupfte sich die rotgeweinten Augen mit einem Taschentuch ab und gab ihm einen Zettel. „Hier ist die Adresse. Geh zu Mayumi.“ Sie drückte ihn an sich, während Juan wie eine leblose Statue vor ihr stand. Dann flüchtete sie zurück ins Haus und Juan verließ den Garten.

***

Zuerst wanderte er ziellos durch die Stadt. Er konnte einfach nicht glauben, was er von Daphne gehört hatte. Und er wollte es nicht wahrhaben. Schließlich stand er doch vor der Tür des Bestatters. Es war bereits Abend und das Bestattungsinstitut hatte geschlossen. Doch nachdem er am Privateingang geklingelt hatte, ließ ihn der Mann doch noch hinein. Zögernd trat er an den Sarg heran und blickte in das Gesicht seiner großen Liebe. Selbst im Tod sah sie noch wunderschön aus.

„Mayumi", flüsterte er und streichelte ihre Wange. Zwei Stunden dauerte sein Zwiegespräch mit seiner Liebsten, dann küsste er sie noch einmal auf die blassen Lippen und verließ das Haus. Er wusste nun, was er tun würde. Schließlich hatte er es ihr versprochen.

Das Boot von seinem Kumpel Miguel zu bekommen, war kein Problem gewesen. Die Nacht war sternenklar, als Juan das kleine Motorboot über den Amazonas steuerte. Das silbrige Licht des Mondes spiegelte sich auf der ruhigen Oberfläche des Flusses. Tausende Zikaden sangen. Juan dachte an seine Mutter. Sie hatte viel Gutes getan für die Indios im Regenwald. Aber sie hatte auch Unglück gebracht mit ihren Beschwörungen und Zaubertränken. Diesmal war sie zu weit gegangen. Bevor er zu Mayumi gegangen war, hatte er zornestrunken darüber nachgedacht, sie zu bestrafen. Sich zu rächen. Aber welchen Sinn sollte das haben? Seine Mutter würde ihre Strafe so oder so bekommen.

Als die ersten Hütten seines Dorfes schemenhaft am Ufer auftauchten, drosselte Juan den Motor. Leise trieb das Boot an den Steg. Juan sah noch einmal auf den

Amazonas zurück, dann nahm er seine Utensilien und verließ das Boot. Niemand sah ihn mehr in jener mondhellen Nacht. Erst am nächsten Morgen fanden ihn die Dorfbewohner. Er hing tot an einem Baum unweit der Hütte seiner Mutter.

Im Strom der Zeit
Louisa, Iquitos, 2018

Ramon hatte mich nur ungern gehen lassen. „Lass mich dich begleiten, Louisa. Ich habe kein gutes Gefühl, wenn du dort alleine in der Villa herumgeisterst."

Aber ich hatte darauf bestanden, das Zuhause meiner Mutter noch einmal ganz für mich anzusehen. Und Ramon hatte schließlich nachgegeben. Nun stand ich etwas verloren im Flur des Hauses und fragte mich, was ich eigentlich hier suchte. Die Geschichte, die Daphne uns über den Tod meiner Eltern erzählt hatte, war erst nach und nach in mein Bewusstsein gesickert. Ich hatte es einfach nicht glauben können. Noch immer befand ich mich in einem Zustand der Erstarrung. Ich brauchte Zeit für mich selbst. So froh ich einerseits war, dass Ramon an meiner Seite war, so verlassen fühlte ich mich dennoch. Ich hatte meine Eltern gefunden und gleich wieder verloren.

Meine Schritte hallten laut durch das stille Haus, als ich langsam durch die Zimmer spazierte. Nun, da ich allein in der Villa war und mir Zeit nahm, erkannte ich einige Details wieder, die in Mayumis Erzählungen aufgetaucht waren. Ich stellte mir vor, wie es wäre, wenn es ein Paralleluniversum gäbe. Dann würde Mayumi jetzt vielleicht zusammen mit Daphne in der Küche sitzen und ihren Geschichten vom Amazonas lauschen. Doch anstelle von Mayumis heiterer Stimme hörte ich nur den Wind, der durch die Büsche vor dem Haus fuhr.

Ich erkannte das Zimmer meiner Mutter sofort. Nichts war verändert worden. Auf einem Schreibtisch stapelten sich Bücher in Blindenschrift. Auf dem antiken Nachtschränkchen lagen getrocknete Blüten, ein glatt geschliffener Stein, eine Muschel. Geschenke von Juan.

Ich entfernte das Tuch, mit dem das Bett abgedeckt war, legte mich hin und blickte an die Zimmerdecke. *Hier bin ich zur Welt gekommen. Und hier ist meine Mutter gestorben.* Endlich kamen die Tränen. Und sie hörten gar nicht mehr auf. Ich weinte um meine Eltern, um ihren tragischen Tod, die Ungerechtigkeit, dass sie ihre Liebe nicht leben durften. Irgendwann versiegten die Tränen und ich schlief ein. Als ich erwachte, schien es mir, als habe sich die Atmosphäre im Haus verändert. Alles sah noch genauso aus wie zuvor, aber mir kam es vor, als sei die Düsternis verschwunden. Ich hörte die Vögel im Garten singen und setzte mich auf. Kein Zweifel, ich war immer noch traurig. Aber ich hatte auch meinen Frieden mit der Geschichte meiner Familie gemacht.

War es ein Fehler gewesen, nach Peru zu reisen? Die vergangenen Tage hatten mein Leben in seinen Grundfesten erschüttert. In kürzester Zeit hatte ich eine

Achterbahn der Gefühle erlebt. Dennoch war ich froh, dass ich nun über meine Eltern Bescheid wusste, ja, dass ich sie sogar auf eine magische Weise kennenlernen durfte. Ich schüttelte mein Haar aus und stand auf. Zeit, zu Ramon zu fahren. Meine Handtasche lag noch im Esszimmer, also kehrte ich dorthin zurück, nahm die Tasche und wollte den Raum verlassen. Da fiel mein Blick auf ein großes Gemälde am Kopfende des Esstisches. Es zeigte einen gutaussehenden Mann mit schwarzem Haar in einem weißen Dinnerjacket. Niemand brauchte mir zu sagen, wer das war. Carlos Lopez, mein Urgroßvater. Er sah gut aus. Auch in der heutigen Zeit wäre er ein Typ gewesen, auf den die Frauen standen. Seine Augen blickten mich herausfordernd an, ein leichtes Lächeln umspielte seine Lippen.

Er sieht nicht aus wie ein Mörder, dachte ich. Natürlich hatte ich inzwischen all die Geschichten gehört, die über Carlos Lopez grassierten. Dass er seinen Reichtum auf dem Rücken der Indios aufgebaut hatte. Dass er gerissen und skrupellos war, ein Despot der schlimmsten Sorte. Ich erinnerte mich an die Erzählungen meines Vaters beim Abendessen auf der *Amazon Queen*. Dass seine Mutter, die Schamanin, ihn für den Tod ihres Großvaters verantwortlich gemacht und ihn deshalb verflucht hatte.

„Ist es wahr? Hast du ihn auf dem Gewissen?“, flüsterte ich.

Das Bildnis meines Urgroßvaters blieb stumm. Ich zuckte lächelnd die Schultern. Niemand kannte heute mehr die Wahrheit. Carlos Lopez hatte dieses Geheimnis mit ins Grab genommen. Ich verließ die Villa. Mit einem dumpfen Schlag fiel die Eingangstür hinter mir ins Schloss.

Der Kautschukbaron

Iquitos 1915

Der Regenwald war erfüllt vom Gebrüll der Männer, dem Lärm und dem Gestank der Maschinen. Carlos Lopez liebte diese Mischung. Ich sollte viel öfter in den Wald fahren, dachte er. Heute war er hier, um einen Blick auf die Vergrößerung seiner Kautschukplantage zu werden. Er hatte jede Menge Mahagonibäume fällen lassen. Das Holz würde er verkaufen und auf der frei gewordenen Fläche neue Kautschukbäume pflanzen lassen. Die Indios hatten einen ganzen Berg voll Baumstämme auf einen Hügel errichtet. Später sollten sie in Richtung des Flusses abtransportiert werden. Dann wäre er aber nicht mehr dabei, ein Termin in der Stadt erwartete ihn. Und mit seiner Frau musste er auch noch ein ernstes Wort reden. Sie war schuld daran, dass ihr gemeinsamer Sohn Jeremy nach und nach immer mehr verweichlichte. Carlos Lopez schloss einen Moment die Augen und sah seinen Sohn vor sich. Warum war er bloß so ganz anders als er selbst? Er ließ sich von Mädchen das Spielzeug wegnehmen. Er weinte wegen der kleinsten Kleinigkeit. So konnte es nicht weitergehen. Der Junge musste endlich ordentlich erzogen werden. Zu einem richtigen Mann.

Carlos warf einen letzten Blick auf seine Kautschukbäume und wandte sich dann um. Er wollte sich gerade auf den Weg zum Fluss machen, als er hinter sich lautes Geschrei hörte. Und ein Donnern. Er blickte zurück und sah, dass sich die Kautschukbäume aus ihrer Verankerung gelöst hatten. Sie rollten den Abhang hinunter direkt auf ihn zu. Er musste zur Seite springen. Er würde es nicht schaffen. In Sekundenschnelle lief sein gesamtes Leben wie ein Film vor seinem inneren Auge ab. Er würde sterben, daran bestand überhaupt kein Zweifel.

Dann spürte Carlos Lopez einen derben Stoß. Er wurde zur Seite gerissen, fiel auf den Boden, rollte noch ein Stück weiter und blieb unter einem fremden Menschen liegen. Die Bäume rauschten an ihnen vorbei ins Tal.

Über ihm lag ein Indio. Carlos Lopez blickte in zwei braune Augen, die er noch nie gesehen hatte. Indios bedeuteten ihm nichts. Sie waren seine Arbeiter, meistens faul und immer ungebildet. Man durfte ihnen gegenüber keine Schwäche zeigen. Wenn sie über die Strenge schlugen, ließ er sie auspeitschen. Er wusste, dass sie ihn hassten. Doch das war ihm völlig egal.

Der Schock ließ langsam nach. Carlos realisierte, dass er dem Tod gerade ebenso entgangen war. Er begann unkontrolliert zu zittern. Der Indio wusste, dass er dies nicht sehen durfte und senkte den Blick. Er rollte sich von Carlos Lopez herunter, stand auf und reichte ihm die Hand, damit er aufstehen konnte.

Er hat mir das Leben gerettet, dachte Lopez. Obwohl er mich doch hassen müsste. Er versuchte, das verdammte Zittern zu verbergen. Die anderen Indios waren herbeigekommen und blieben ängstlich in einiger Entfernung stehen. Wo war bloß sein Vorarbeiter? Er hätte ihn retten sollen.

Der Indio stand immer noch neben ihm und starrte auf den Boden.

„Wie heißt du?“, fragte Carlos Lopez.

„Amado“, sagte der Mann, ohne den Blick zu heben.

Carlos hörte, wie die Bäume mit einem Klatschen in den Fluss fielen. Er wäre von ihnen zerquetscht worden, wenn Amado nicht ohne zu Zögern sein eigenes Leben aufs Spiel gesetzt hätte, um ihn zu retten. Auf einmal breitete sich ein warmes Gefühl in Lopez Brust aus. Ein Gefühl, dass er schon seit langer Zeit nicht mehr gespürt hatte.

„Komm mit“, sagte er zu Amado.

Er nahm den Indio mit nach Iquitos und bat ihn in sein Büro. Er wollte es lieber gleich erledigen, bevor dieses Gefühl wieder verschwand und er es sich anders überlegte. Tief in seinem Inneren wusste Lopez, dass es richtig war, was er tat.

Er öffnete seinen Safe und holte ein dickes Bündel Geldscheine hervor. Soviel, wie Amado und all seine Brüder zusammen in ihrem ganzen Leben nicht verdienen würden.

„Das ist für dich. Als Zeichen meiner Dankbarkeit." Er drückte dem Indio, der ihn mit weit aufgerissenen Augen anstarrte, das Geld in die Hand.

„Du bist nun ein reicher Mann, Amado. Vermutlich wirst du nicht mehr arbeiten müssen. Aber wenn du willst, kannst du weiter für mich arbeiten. Für einen solch guten Mann wie dich habe ich immer eine Stelle. Eine bessere, als im Wald die Bäume zu roden."

Amado war sprachlos. Er hatte damit gerechnet, dass Carlos Lopez ihn auspeitschen würde, weil er im Wald über ihm gelegen hatte. Und nun überhäufte er ihn mit Geld. So viel hatte er in seinem Leben noch nicht gesehen. Er konnte es kaum glauben. Oder war das alles nur ein Trick? Misstrauisch blickte er auf und sah Lopez in die Augen. Doch er erkannte in diesem Moment keine Gemeinheit darin. Carlos Lopez sah ihn freundlich an und lächelte.

„Du kannst das Geld ruhig nehmen, Amado. Du hast es dir mehr als verdient. Und nun geh nach Hause zu deiner Familie und feiere mit ihnen."

Amado nickte. Aber er wusste nicht wohin mit dem Geld. So gab ihm Lopez noch eine Tasche, der Indio küsste ihm die Hand und beeilte sich, das große Haus zu verlassen, bevor Lopez es sich anders überlegen würde.

Der Kautschukbaron sah ihm nach und seufzte. Mit Sicherheit würde er diesen Mann nie wiedersehen.

Doch er würde ihm ewig dankbar sein, dass er sein Leben gerettet hatte.

Amado hatte die Villa der Lopez mit klopfenden Herzen verlassen. Er fühlte sich wie in einem Traum. Es war einfach unglaublich, was in den letzten Stunden geschehen war. Er ließ das Viertel der Reichen hinter sich, um sich in Belén ein Boot zu besorgen, mit dem er zurück zu seiner Familie in den Regenwald fahren könnte. Seine Frau Maria würde staunen, wenn er als reicher Mann ins Dorf zurückkehrte. Er dachte auch an seinen kleinen Sohn Jorge, der jedes Mal weinte, wenn er die Familie verlassen musste, um für Lopez zu arbeiten. Nun würde er seine Frau und Jorge nie mehr verlassen.

Doch irgendwie konnte Amado es immer noch nicht glauben, dass Lopez ihm so viel Geld gegeben hatte. Er blickte sich um. Niemand war in der Nähe. Da öffnete er seine neue Tasche, holte die Geldscheine heraus und ließ sie durch seine Finger gleiten. Es war tatsächlich wahr, er war ein reicher Mann. Ein unglaubliches Glücksgefühl durchflutete seinen Körper. Er legte das Geld zurück und wollte gerade seinen Weg fortsetzen, als ein gewaltiger Schlag seinen Hinterkopf traf. Amado fiel zu Boden, um seinen Kopf breitete sich eine dunkle Blutlache aus.

„Ist er tot?“, fragte einer der Männer, die ihn niedergeschlagen hatten.

Der andere zuckte die Schultern. „Wenn nicht, wird er es bald sein.“

Die beiden Männer lachten. Heute war ihr Glückstag. Sie hatten ihren Augen nicht trauen wollen, als sie den Indio beobachtet hatten, der eine ganze Handvoll Geld aus einer Tasche gezogen hatte, die garantiert nicht ihm gehörte.

Einer der Männer nahm das Geld an sich, der andere warf sich Amado über die Schulter. Dann rannten beide in Richtung Fluss. Dort beschwerten sie den Indio mit Steinen und warfen ihn in den Amazonas. Er würde nie wieder auftauchen.

Amados Frau kam Wochen später nach Iquitos. Mit dem fünfjährigen Jorge an der Hand zog Maria durch die Straßen der Stadt und fragte nach ihrem Mann, der seit Wochen nicht nach Hause gekommen war. Gerüchte waren bis zu ihrem Dorf im Regenwald gedrungen. Es habe einen Unfall mit den Kautschukbäumen gegeben. Carlos Lopez sei dabei fast ums Leben gekommen. Und auch ihr Amado sei in die Sache verwickelt gewesen. Die anderen Frauen hatten Maria mitleidig angesehen. Jeder glaubte, dass Carlos Lopez ihren Mann zu Tode geprügelt hatte. Aber sie musste einfach Gewissheit haben. Vor allem weil auch ihr kleiner Sohn keine Ruhe gab. Er liebte seinen Vater abgöttisch und fragte täglich nach ihm.

Nachdem sie zwei Tage lang beinahe jeden angesprochen hatte, der ihr begegnete, traf sie auf einen Mann, der Amado gekannt hatte. Er erzählte ihr, dass Amado am Tage des Unfalls zusammen mit Carlos Lopez in dessen Haus gegangen war. Stunden später hatte er beobachtet, wie zwei Männer den Leichnam ihres Mannes, mit Steinen beschwert, in den Amazonas geworfen hatten.

Das genügte ihr. Mit einem Herz so schwer wie Blei kehrte Maria in ihr Dorf zurück. Die anderen Frauen hatten recht gehabt. Lopez hatte ihren Mann töten lassen und er würde ungestraft damit davonkommen. Auch ihr Sohn hatte den Worten des Mannes in Iquitos mit namenlosem Entsetzen gelauscht.

In den kommenden Wochen sprach Jorge kein Wort mehr. Aber er hatte sich eines vorgenommen. Er würde seinen Vater niemals vergessen und er würde seinen Tod rächen. Daran hatte Jorge sich gehalten – selbst, als er ein Mann war und eine eigene Familie besaß, war er zerfressen vom Hass auf die Familie Lopez. Als er starb, nahm er seiner Tochter das Versprechen ab, sein Werk fortzuführen. Eliana würde es schaffen. Sie war eine Schamanin, wie sie der Regenwald lange nicht gesehen hatte. Sie besaß große Kräfte. Und sie würde die Familie Lopez zerstören.

Ein neues Leben

Louisa, Iquitos 2019

Ich stand am Fenster der Villa und schaute in den Garten, der wieder seine ganze Pracht entfaltet hatte. Auf dem kurzgeschnittenen Rasen spielten Paula und Sofia mit ihren Barbiepuppen. Die beiden kleinen Mädchen waren Schwestern und hatten ihre Eltern bei einem Autounfall verloren. Seit ein paar Wochen lebten sie hier bei uns und erholten sich langsam von ihren albtraumhaften Erlebnissen. Alle paar Minuten unterbrachen sie ihr Spiel und schauten zum Eingangstor. Ich musste lächeln. Mit Daphne hatten sich die zwei sofort verstanden. Sie wussten, dass ihre „Oma“ heute wieder zum Vorlesen vorbeikommen würde, und konnten ihre Ankunft kaum erwarten.

Mein Blick wanderte weiter in die andere Ecke des Gartens. Dort waren Ramon und unser kleiner Felipe eifrig damit beschäftigt, ein Loch zu buddeln und einen jungen Frangipanibaum zu pflanzen. Ramon war heute extra früher aus dem Büro gekommen, weil er Felipe die Baumaktion versprochen hatte. Der Fünfjährige konnte meinen Mann mit Leichtigkeit um den Finger wickeln, es reichte, wenn er ihn mit seinen großen braunen Augen ansah und dabei eine gewisse Ähnlichkeit zu einem süßen Welpen entwickelte.

Jetzt schauten die beiden Beifall heischend zum Fenster hinauf und ich reckte den Daumen und grinste breit. Ein Krug kalter Zitronenlimonade für alle würde jetzt bestimmt gut ankommen. Also machte ich mich auf den Weg in die Küche. Unsere Villa sah inzwischen ganz anders aus als noch vor einem Jahr. Wir hatten zwar einige der Antiquitäten behalten, aber viele der schweren, dunklen Möbel durch eine leichte, moderne Einrichtung ersetzt. Die Wände waren in sonnigen Farben gestrichen, wunderschöne Fotografien des Dschungels auf Acrylglas zierten die Wände und in jedem Zimmer gab es große Grünpflanzen. Ich war stolz darauf, wie sich die Atmosphäre des Hauses gewandelt hatte. Die Villa war tatsächlich zu neuem Leben erwacht – von einem Palast der Finsternis zu einem fröhlichen Ort der Behaglichkeit.

Kaum zu glauben, wie sich auch mein eigenes Leben innerhalb eines Jahres verändert hatte. Nachdem ich schließlich die Geschichte meiner Herkunft erfahren hatte, war ich zurück nach Deutschland geflogen und hatte meinen Eltern in Hannover die ganze Story erzählt. Und dann war ich in ein tiefes Loch gefallen.

In Deutschland war alles so anders als in Peru. Alle erwarteten von mir, dass ich mir einen lukrativen Job suchte, eine coole Wohnung nahm und mein von langer

Hand geplantes Leben wieder aufnahm. Aber auch Peru meldete sich. Ramon schrieb mir jeden Tag, dass er mich vermisste. Immer wieder fragte er, wann ich zurückkäme. Und ich war hin- und hergerissen.

Einen Tag war ich überzeugt, mein Glück an Ramons Seite in Peru zu finden. Am anderen Tag glaubte ich, dass unsere Romanze sowieso nur eine kurze Affäre sei und ich verrückt sein müsste, meine vielversprechende Zukunft als Informatikerin aufzugeben. Je länger ich wieder in Hannover war, umso mehr wuchsen die Zweifel an einer Beziehung mit Ramon. Und dann stand er eines Tages vor unserer Haustür.

Silvia Lopez war gestorben. Der Gentest hatte einwandfrei ergeben, dass ich ihre Enkelin war. Somit war ich zur Alleinerbin der Villa und eines beträchtlichen Vermögens erklärt worden. Ramon hatte alle Unterlagen dabei, um die Erbschaft abzuwickeln. Aber eigentlich war er auch wegen einer anderen Sache gekommen.

Als wir nach dem Abendessen mit meinen Eltern alleine waren, zog er ein Schmuckkästchen aus seiner Anzugtasche und hielt mir einen blitzenden Diamantring vor die Nase. Nach dem Motto ‚jetzt oder nie' fragte er rundheraus, ob ich seine Frau werden wollte.

Ich hatte mit meiner Antwort gezögert. Überraschung, Freude, aber auch die alte Frage aus meiner Kindheit – wird er mich wieder verlassen? – kämpften um die Vorherrschaft. Ein ganz besonderes Gefühl gewann diesen Kampf: meine Liebe zu Ramon. Plötzlich war ich mir ganz sicher. Ja, ich wollte diesen Mann heiraten. Ich hatte immer noch nichts gesagt und Ramon wurde langsam nervös.

„Louisa, bitte sag etwas. Willst du mich heiraten?"

„Weil ich nun eine reiche Erbin und gute Partie bin?", fragte ich.

Entsetzt schüttelte Ramon den Kopf. „Nein, um Gotteswillen. Das ist mir völlig egal. Ich würde dich auch heiraten, wenn du arm wie eine Kirchenmaus wärst. Ich liebe dich, Louisa."

Ich grinste ihn an. „War nur ein Test. Ich nehme deinen Antrag an."

Am nächsten Tag hat er sogar noch einmal ganz traditionell bei meinem Vater um meine Hand angehalten. Meine Eltern waren total gerührt. Sie hatten Ramon sofort gemocht, obwohl ihnen natürlich klar war, dass ihre Tochter nun wohl doch nach Peru übersiedeln würde.

Und genauso war es gekommen. Als ich zusammen mit Ramon nach Iquitos zurückgekehrt war, hatte ich erst ein wenig Angst gehabt, die Villa zu betreten. Ich hatte immer noch Daphnes Geschichte vom Tod meiner Mutter im Kopf und erinnerte mich an die bedrückende Atmosphäre während meines ersten Besuchs im Haus.

Doch Ramon hatte bereits ganze Arbeit geleistet. Er hatte dafür gesorgt, dass die Villa gelüftet und vom Keller bis zum Dachgeschoss geputzt worden war. Trotzdem konnte ich ein gewisses Gefühl der Beklommenheit nicht verhehlen, als wir Hand in Hand durch die vielen Räume wandelten. Das Haus war riesig.

„Ramon, es ist viel zu groß für uns beide“, hatte ich gesagt und war an eines der Fenster im ersten Stock getreten. Der Blick auf den exotischen Garten war einfach umwerfend. Und plötzlich wusste ich, was mit der Villa geschehen sollte.

„Ich mache ein Haus für elternlose Kinder daraus ...“, flüsterte ich.

„Hast du etwas gesagt, meine Liebe?“ Ramon war zu mir getreten und umfasste meine Taille.

„Hatte mein Großvater nicht entschieden, dass die Villa an eine Stiftung gehen sollte, die sich um peruanische Waisenkinder kümmert?“

„Ja, aber nur, wenn seine Enkelin nicht gefunden würde. Und zum Glück bist du ja aufgetaucht.“

Ich lächelte. „Und deswegen werde ich eine Heimat für Waisenkinder daraus machen. Was hältst du davon?“

Ramon sah mich verblüfft an und schwieg einen Moment. „Du meinst, dass wir beide hier zusammen mit den Kindern leben würden?“

Ich nickte strahlend. „Genau das meine ich."

Er schluckte. „Das ist eine große Aufgabe, Louisa."

„Ich weiß. Aber gemeinsam könnten wir es schaffen, oder nicht?"

Ramon sah mir in die Augen und zog mich noch näher an sich heran.

„Gemeinsam können wir alles schaffen."

Und so begannen wir schon wenige Tage später mit der Renovierung der Villa. Ich gab ihr den Namen Villa Kunterbunt, da Pippi Langstrumpf früher als Kind mein Lieblingsbuch gewesen war. Heute las Daphne den Kindern die Geschichten von Pippi, dem Affen Herrn Nilsson und dem Pferd Kleiner Onkel vor und sie schrien immer vor Vergnügen, wenn die Rede von der Villa Kunterbunt war. Schließlich hieß ihr neues Zuhause genauso.

Meinen Gedanken nachhängend, war ich inzwischen in unserer großen Küche angelangt, wo wir immer alle zusammen am Tisch saßen und unter viel Gelächter und Erzählen unsere Mahlzeiten einnahmen. Ich öffnete den Kühlschrank und nahm eine Kanne Zitronenlimonade heraus. Ich stellte sie zusammen mit den Gläsern auf ein Tablett und durchquerte die Diele, die jetzt nicht mehr besonders hochherrschaftlich aussah. Dafür lehnte ein kleines Kinderfahrrad an der Wand, bunte Flipflops lagen in der Ecke und vor einer großen Zimmerpalme ruhte ein kanariengelber Ball, der dort nicht hingehörte.

Ich gab ihm einen Schubs mit dem Fuß und er kullerte direkt unter die große Fotocollage, die ich im Flur aufgehängt hatte.

Irgendwie hatte ich es tatsächlich geschafft, ein Foto von Juan aufzutreiben. Die Nachkommen seines ehemaligen Lehrherren, des Gärtners Cesar, besaßen eines und ich hatte es ihnen abgeschwatzt. Auf dem Foto stand Juan, aufgestützt auf einem Spaten, im Garten der Villa und grinste verschmitzt über das ganze Gesicht. Ich liebte dieses Foto. Nachdem ich es am Computer eingescannt hatte, kam Photoshop zum Einsatz. Zusammen mit dem Foto von Mayumi, das ich auf dem Klavier gefunden hatte, erstellte ich eine hübsche Collage und ließ sie vergrößern. Nun hingen Juan und Mayumi vereint bei uns zu Hause.

Als Eliana dieses Bild gesehen hatte, war ihr vor Überraschung die Kinnlade heruntergefallen. Ja, Eliana gehörte nun tatsächlich auch zu unserer großen Familie. Nachdem ich nach und nach mehr Menschen aus dem Dunstkreis meiner Familie kennengelernt hatte, hatte ich herausgefunden, dass „meine Schamanin“ vom Dschungelausflug der *Amazonas Queen* wirklich Juans Mutter war. Ich besuchte sie gemeinsam mit Ramon und sie schien nicht besonders überrascht zu sein, uns zu sehen. Ganz im Gegenteil, sie schloss mich in die Arme und vergoss einige Tränen dabei. In ihrem Dorf lernte ich dann auch meine Onkel und Tanten, Cousins und Cousinen kennen und alle erzählten mir irgendwelche Storys von meinem Vater.

Eliana gab sich nach wie vor die Schuld am Tod ihres jüngsten Sohnes, aber mit der Geschichte ihres Großvaters, der angeblich durch die Familie Lopez ums Leben gekommen war, hatte sie mittlerweile abgeschlossen. „Was vergangen ist, ist vergangen“, hatte sie feierlich gesagt und ich hatte genickt. Ich fand, da hätte sie schon früher draufkommen können, aber ich hielt lieber meinen Mund. Eliana war jedenfalls mächtig stolz darauf, dass eine ihrer Enkelinnen es geschafft hatte, zu studieren und jetzt die Chefin im Hause der Lopez war.

Bei unserer Hochzeit war die ganze Dschungelfamilie mit meiner Familie aus Hannover zusammengeprallt und ich hatte vorher schon die schlimmsten Befürchtungen gehabt, wie das wohl ausgehen würde. Überraschenderweise war das Fest ein voller Erfolg gewesen. Wir hatten eine lange Tafel im Garten der Villa aufgebaut und draußen gefeiert. Es gab deutsche und peruanische Gerichte und ich hatte jedem verboten, Ayahuasca mitzubringen. Einer der besten Momente für mich war, als meine Omi Ellie und Eliana Kochrezepte austauschten ...

„Louisa! Wo bleibst du?“, hörte ich Ramon aus dem Garten rufen.

„Ich komme schon“, rief ich zurück und öffnete die Tür zum Garten. Warme Luft und der Duft von Frangipaniblüten umfing mich und ich blieb noch einen Augenblick stehen. Ja, ich war endlich angekommen. Ich liebte Ramon und er zeigte mir jeden Tag, dass er mich liebte. Meine Angst davor, dass er mich verlassen könnte, war zwar nicht ganz verschwunden, aber sie hatte nur noch einen winzigen Platz in meinem Herzen. Die seelischen Verletzungen der siebenjährigen Louisa waren verheilt. Hier war mein Zuhause. Und eigentlich brauchte ich die Fotos von Juan und Mayumi gar nicht. Denn sie waren immer bei mir. Manchmal meinte ich, sie beide in der Laube zu sehen, nur für einen Sekundenbruchteil. Dann wiederum glaubte ich, das helle Lachen von Mayumi zu hören oder ihr Maiglöckchen-Parfum zu riechen. Ich hatte das Gefühl, dass sie ihr Glück gefunden hatten, da wo sie nun waren.

Nachwort

Alle Geschehnisse und Personen meines Romans „Das Perumädchen“ sind frei erfunden.

Die Idee zu dieser Geschichte kam mir auf einer Flusskreuzfahrt auf dem Amazonas und seinen Nebenflüssen. Ich war als Reisejournalistin in Peru unterwegs und fasziniert von der geheimnisvollen, grünen Welt des Regenwaldes – einer Welt voller Legenden und Magie. Von Iquitos, der alten Stadt der Kautschukbarone, machten wir uns per Flussschiff auf in den Dschungel. Wir beobachteten exotische Vögel, Affen und Leguane, angelten Piranhas, wanderten durch den Urwald und lernten eine echte Schamanin kennen. Weitab von der Zivilisation tauchten wir in den Rhythmus der Natur ein und vermissten Wi-Fi, TV und die tagesaktuellen Nachrichten nicht eine Sekunde lang.

Ich würde mich freuen, wenn ich Ihnen mit diesem Buch ein wenig das Herz für das wunderschöne Land Peru öffnen konnte. Auf den nächsten Seiten finden Sie noch einige Anregungen für Ihre eigene Reise nach Peru. Sollten Sie sich auf den Weg machen, wünsche ich Ihnen viel Spaß, einen spannenden Trip und viele magische Momente!

Susan de Winter

Reisestipps von der Autorin

Lima – die Hauptstadt

Peru ist etwa viermal so groß wie Deutschland. Die riesigen Entfernungen im Land legt man am besten mit dem Flugzeug zurück. Wer aus Deutschland einreist, kommt meist in der Hauptstadt Lima an.

Mehr als acht Millionen Menschen leben in Perus Hauptstadt am Pazifik und gefühlt hat jeder ein Auto. Nachdem man den ersten Schrecken überwunden hat, kann man sich am besten im historischen Zentrum aus der Kolonialzeit mit der südamerikanischen Stadt anfreunden. Spannend ist ein Rundgang durch die Katakomben des Klosters San Francisco. Von oben hört man die Gesänge des Gottesdienstes, während man durch enge Gänge unter der Kirche läuft und plötzlich vor Höhlen steht, in denen Hunderte von Knochen und Schädel kunstvoll in Mustern drapiert sind. 70.000 Skelette ruhen in den unterirdischen Schächten des Klosters.

Besonders schön ist das Künstlerviertel Barranco. Musiker spielen auf Panflöten, Maler verkaufen ihre Bilder und Hippies warten auf den Sonnenuntergang am Meer. Wer durch Barranco schlendert, darf die Puente de los Suspiros, die Seufzerbrücke, nicht verpassen. Schreitet man zum ersten Mal mit angehaltenem Atem über diese Brücke, soll der Wunsch, an den man denkt, in Erfüllung gehen.

Ein besonderer Tipp für deutschsprachige Reisende ist der Schweizer Privatclub Suizo. Hier, im Restaurant La Pergola, lässt sich nicht nur vorzüglich schlemmen, sondern Besucher können zugleich lernen, wie sie die peruanischen Köstlichkeiten zu Hause selbst nachkochen können. Die sympathische Mabel Aliaga spricht fließend Deutsch und betreibt hier eine Kochschule. Gäste trinken bei ihr zum Einstand einen köstlichen Pisco Sour, probieren mit Limettensaft mariniertes Ceviche (roher Fisch), genießen das Nationalgericht Lomo Saltado und genehmigen sich zum Schluss noch ein Dessert (Infos: www.lamagacatering.com).

Machu Picchu: die Heilige Stadt der Inkas

Ein kurzer Flug von Lima und schon ist man in Cusco, jener Stadt, vor der viele ein bisschen Bammel haben. Die einstige Hauptstadt des Inkareichs liegt nämlich auf beachtlichen 3400 Höhenmetern in den Anden und beschert somit einigen Besuchern die unliebsamen Nebenwirkungen der Höhenkrankheit: vor allem Kurzatmigkeit und Herzklopfen. Doch wenn man es etwas langsamer angehen lässt und ab und zu einen

Coca-Tee trinkt, lässt sich die Sache gut aushalten. Einen beschleunigten Herzschlag vermittelt einem allein schon die abenteuerliche Aufbruchsstimmung, die in den Straßen, Hotels und Restaurants von Cusco herrscht. Aus aller Welt kommen die Reisenden hierher, um die größte Sehenswürdigkeit Perus zu sehen: Machu Picchu.

Früh am Morgen fährt man mit dem Bus durch das heilige Tal der Inkas. In Ollantaytambo besteigt man den Zug nach Aguas Calientes – die einzige Möglichkeit, die mystische Inkastätte zu erreichen. Und dann steht man schließlich an jenem Ort, von dem man schon Hunderte Bilder gesehen hat. Eines der sieben neuen Weltwunder, jahrhundertelang versteckt in den nebelverhangenen Bergen. Und man stellt fest, dass kein Foto den Eindruck wiedergeben kann, der sich für immer ins Herz brennt, wenn man auf die Ruinen der Inkas hinabblickt. Manche Dinge muss man eben einfach selbst erlebt haben.

Iquitos

Knapp zwei Stunden dauert der Flug von Lima nach Iquitos. Mit seinen 500.000 Einwohnern ist es die größte Stadt der Welt, die nicht über den Landweg erreichbar ist. Man kommt tatsächlich nur per Flugzeug oder Boot hin. Gegen Ende des 19. Jahrhunderts, zur

Zeit der Kautschukbarone, boomte die Stadt. Die reichen Bewohner von Iquitos ließen sich prachtvolle Paläste bauen, die man heute noch bestaunen kann. Allerdings haftet ihnen nun eine gewisse Patina an.

Spannend ist ein kurzer Ausflug nach Belén. Das Viertel der Pfahlhäuser wird zwar auch das ‚Venedig des Amazonas' genannt, doch dieser hübsche Titel trügt. Die Menschen, die in Belén leben, sind bitterarm. Es ist nicht ganz ungefährlich, hier allein unterwegs zu ein. Man sollte auf keinen Fall Wertgegenstände oder Geld mit sich herumtragen. Warum man überhaupt hingehen sollte? – Belén gehört genauso zu Iquitos wie die reicheren Viertel, es gibt einen riesigen, bunten Markt und man sieht ein authentisches Bild vom Leben in der Amazonas-Stadt.

Ein Restaurant-Tipp für Iquitos ist das Fitzcarraldo. 1981 drehte Werner Herzog in Iquitos und am Amazonas seinen Film Fitzcarraldo mit Klaus Kinski und Claudia Cardinale in den Hauptrollen. Im Restaurant Fitzcarraldo hängen Fotos von den Dreharbeiten, Kinoplakate und sogar die hölzerne Galionsfigur, die die „Molly Aida" zierte. Dieses Schiff ließ Fitzcarraldo im Film von Hunderten Indios über einen Berg hieven. Das Restaurant ist aber nicht nur wegen der tollen Atmosphäre empfehlenswert: Es serviert original peruanische Gerichte – sehr lecker und preiswert.

Flusskreuzfahrten auf dem Amazonas

In Iquitos starten mehrtägige Flusskreuzfahrten (z. B. von www.junglexperiences.com) auf dem Amazonas und seinen Nebenflüssen, die ich nur empfehlen kann. Bei den Schiffsausflügen erkunden Urlauber den Dschungel per Boot oder zu Fuß, sie schwimmen mit Delfinen, beobachten Vögel und Affen und besuchen entlegene Dörfer im Regenwald – eine faszinierende once-in-a-lifetime-Erfahrung.

Extra-Tipps:

Viele Fotos, Videos, Reisetipps und Geschichten zu den Schauplätzen meiner Bücher finden Sie in meinem Blog unter www.susandewinter.de

Wenn Sie sich dort für den Newsletter anmelden, werden Sie immer über neue Bücher, Aktionen und Gewinnspiele informiert.

Facebook-Mitglieder sind herzlich willkommen, durch Klicken des Gefällt-mir-Buttons Fan zu werden und über neue Bücher auf dem Laufenden zu bleiben:

https://www.facebook.com/SusandeWintersSchreibblog/

Wenn Ihnen mein Buch gefallen hat, würde ich mich über eine kurze Rezension bei Amazon sehr freuen!

Ich bedanke mich ganz herzlich und wünsche weiterhin viel Spaß beim Lesen (und beim Reisen!)

Ihre Susan de Winter

Danksagung

Vielen Dank für euer super Lektorat Jutta Lemcke und Peggy Günther – ihr seid die Besten.

Einmal mehr mein herzlicher Dank für das schöne Cover, Christiane Baurichter.

Danke für die Tipps, Daniela David.

Mein besonderer Dank gilt Magaly Aliaga, die meine Reise in ihre schöne Heimat aufs Beste organisiert hatte.

Außerdem bedanke ich mich bei allen Familienmitgliedern, Freunden und Freundinnen, die mich mit Rat und Tat unterstützt haben sowie bei meinen Leserinnen und Lesern!

Das „Perumädchen“ hat Ihnen gefallen? – Dann lernen Sie doch auch meine anderen Bücher kennen!

Der Stein der Schildkröte
von Susan de Winter

Was soll ich alleine in Australien? Ich bin ja noch nicht mal alleine auf Mallorca gewesen, denkt die Mitvierzigerin Claudia, als ihre Tante aus Melbourne stirbt, ganz knapp vor ihrer sorgfältig geplanten, gemeinsamen Reise. Doch dann fliegt sie trotzdem hin und erlebt das Abenteuer ihres Lebens. Auf ihrem Roadtrip durch Down Under hat sie mit viel mehr zu kämpfen als mit wilden Kängurus und einem angefahrenen Wallaby. Sie findet das Tagebuch ihrer Tante Anne und deckt ein altes Familiengeheimnis auf. Sie verliebt sich in den smarten Geschäftsmann David, der jedoch spurlos verschwindet. Und was hat es mit dem Stein der Schildkröte auf sich, den ihr ein alter Aborigine schenkt und der rätselhafte Träume auslöst?

Der erste Roman von Susan de Winter hielt sich monatelang auf Platz 1 aller Amazon-E-Books über Australien und in den Top 50 der Liebesromane Mystery & Spannung!
Erhältlich als Taschenbuch und E-Book bei Amazon.

Drei Wünsche im Wind
(Band 1 der Scott-und-Sabrina-Reihe)
von Susan de Winter

Eine leidenschaftliche Liebe und die Magie Islands …

Der Berg war kaum hundert Meter hoch, dennoch strahlte er eine Aura von Macht auf Sabrina aus. Zeit und Raum waren unwichtig geworden. Sie sah sich nicht um. Sie sagte kein Wort. Während sie sich Meter um Meter dem Gipfel näherte, vernahm sie in ihrem Inneren die Stimmen der Wikinger, sie fühlte die Hoffnungen all derer, die vor ihr diesen Weg gegangen waren. Als sie hinunter aufs Meer blickte, erwachte die Legende zu neuem Leben. Und so sprach sie ihre drei Wünsche in den Wind.

Auf einem Reiterhof in Island lernt Sabrina den New Yorker Fotografen Scott kennen und verliebt sich in ihn. Doch er verschweigt ihr den wahren Grund für seine Reise auf die Atlantikinsel. Ein dunkles Geheimnis aus seiner Vergangenheit lässt ihn nicht los. Und dann ist da auch noch Patricia, die alles versucht, um Scott für sich zu gewinnen.

Erhältlich als Taschenbuch und E-Book bei Amazon.

Das Geheimnis der Traumzeit
(Band 2 der Scott-und-Sabrina-Reihe)
von Susan de Winter

Spannung, Abenteuer und große Gefühle in den mystischen Wäldern Australiens ...

Kunststudentin Sabrina steht am Flughafen in Melbourne und wartet vergebens auf ihren Freund Scott. Der Fotograf aus New York war für einen Auftrag in die Wildnis der australischen Grampians gereist und verschwindet spurlos. Sabrina macht sich auf die Suche und lernt den höchst charmanten Lodge-Besitzer Trevor kennen, der ihr zur Seite steht. Während Scott um sein Leben kämpft, sucht Sabrina verzweifelt nach ihm. Zusammen mit dem Aborigine Joe dringt sie tief in die mystischen Wälder der Grampians ein. Doch kann sie dem verschlossenen Fährtenleser Joe trauen?

Erhältlich als Taschenbuch und E-Book bei Amazon.

Das Lied der Hexe
(Band 3 der Scott-und-Sabrina-Reihe)
von Susan de Winter

Mittsommernacht 2017: Kunststudentin Sabrina fällt an den sagenumwobenen Externsteinen in Trance und begegnet einer jungen Frau aus einer anderen Zeit. Kurze Zeit später passiert ihr im nahegelegenen Lemgo das Gleiche. Die Stadt, die vor über 300 Jahren eine Hochburg der Hexenverfolgung war, übt eine merkwürdige Faszination auf sie aus. Gemeinsam mit ihrem Freund Scott beginnt sie zu recherchieren und taucht in das Leben des Liebespaares Anna und Johann ein. Sie erfährt, dass Anna 1666 als Hexe angeklagt wurde. Aber was hat das alles mit ihr zu tun?

Erhältlich als Taschenbuch und E-Book bei Amazon.

Hinweise, Rechtliches und Impressum

Taschenbuchausgabe März 2020

Herausgegeben von:
Susan de Winter
von-Tschirsky-Weg 12
D-32602 Vlotho

Printed in Poland
by Amazon Fulfillment
Poland Sp. z o.o., Wrocław

56206779R00157